伏流捜査

安東能明

目次

ヒップ・キング

1

午前一時。

結城公一警部はバスストップに停めたワゴン車から、路地奥にあるネオンサインを見ていた。青地に控えめな〝サバンナ〟の英語表記。渋谷スペイン坂の一角にあるダンスクラブだ。監視をはじめて三日目、目立った動きはない。

十月末とはいえ底冷えのする夜だ。法令上の終業時間をすぎて、クラブのフロアはだいぶ、暖まってきただろう。一度、この目で見ておきたかった。四十面を下げた男がひとり入ったところで、とがめだてされることもないはずだ。そう思って腰を浮かしたとき、ふところの携帯がふるえた。クラブに潜入している小西康明巡査部長からだ。

通話ボタンを押すと、大音量のディスコサウンドがあふれ出た。

「やばい……班長」

聞きとれない。

問い返してみた。同じだ。

「ドリンクカウンター……暴れて……」

ぬきさしならない事態が起きているようだ。

「イッさん、見てくる。待機しててくれ。万一……」

結城が言い終える前に、となりにいる石井誠司警部補が、

「了解。マル対（対象者）が出てきたら確保します。いいな」

とクルマに乗り込んでいる三名の捜査員に声がけする。

ワゴン車を飛び出すなり、結城はサバンナの地下入り口に走り込んだ。べたべたとチラシが貼られた階段を一足飛びに下った。受付カウンターで警察手帳を見せてフロア後方に足を踏み入れた。DJの、ノコギリを引くようなレコードの摩擦音と客たちの喚声がどっと押しよせてくる。暗い。むっとする熱気だ。五十人？　いやもっとか。回転するミラーボールの光線の先。壁際のドリンクカウンターで動きがあった。

割れた酒ビンをにぎりしめた男のシルエットが浮かび上がる。ワイシャツにスラックスというサラリーマン風の出で立ちだ。

手前にジーンズ姿の小西が固まっていた。

「下ろせよ、それ」

小西の呼びかける声をかろうじて聞き分けた。

小西は男から目を離さず、じりじりと間合いをつめはじめた。

そのとき、頭上のシャンデリアが煌々とともった。赤と黒を基調にした独特な空間が照らし出される。

「音楽、止めて！」

スピーカーから怒声が響きわたると音楽が鳴りやんだ。

ダンスに没頭していた群衆が舫いを解かれた小舟のように、あちこちに目線を漂わせた。いったい、何事が起きたのかといぶかっている。

酒ビンを手にした男の動きが止まり、まぶしそうに照明を見上げた。

「テンパってます」

結城の存在に気づいた小西が苦り切った声を発した。

シフォンのワンピース姿の寺町由里子巡査長が駆けつけてきた。

「店長を呼びましたから」

息せき切って言う。

結城は小西と並んで、少しずつカウンター前にいる男に近づく。

男は二十五、六か。髪が乱れて、口が半開き。荒い吐息を洩らしている。結城らに目をこらそうとしているが、焦点が定まらず首がぐらぐら動いている。

ただならない様子の男に気づいた群衆が集まってくる。人垣のあいだから、赤いベストを着たセキュリティの男が割り込んでくる。

「ガサ入れっすかあ」

結城は男をにらみつけた。

「引っ込んでろ」

正面をふりかえったそのとき、男が手にした酒ビンをふりかざした。

小西が這うように身を低くして、男の脇腹に突っ込んでいった。結城も迷わず突進した。三人して床にもんどり打って倒れた。小西が男の手から酒ビンをもぎとろうとするが、男は身をよじってはなさない。

結城は男のあごを下からつかんで、顔を横に押し倒した。男の口元からこぼれた唾液が頬にかかる。右腕をとり、わきの下からねじ込むと、男の身体がえびぞりになるように伸びあがった。酒ビンが腕から落ちて、床に転がった。

「警察だ、動くな」

呼びかけても、男と目が合わない。薬物のせいでこちらを認識できないのだ。

「動くなって、この野郎」

小西が荒い言葉を投げかける。

ふたりがかりで押さえ込み、どうにか男の動きを封じ込めた。ゆっくり立たせてから、後ろ手に手錠をかける。

「名前は？」

小西が耳元に呼びかけるが、男は頭突きを食らわそうとしてのけぞった。倒れかかるのをなんとか持ちこたえる。

「この人の知り合い、いる?」

小西がまわりの連中に声をかけた。名乗り出る者はいない。

ウェーブのかかった髪の男が、結城の前にやってきた。細い首に、リネンシャツを第一ボタンまでとめている。

「店長の後藤(ごとう)さんです」

寺町に紹介され、

「生活安全特捜隊(せいかつあんぜんとくそうたい)、班長の結城だ」

と自己紹介する。

聞きとれなかったのか、後藤は一瞬、ぽかんとした顔つきを見せた。

「後藤さん、客を全員、ダンスフロアに集めてくれ。ひとり残らず」

結城がたたみかけると、後藤は近くのスタッフに従うよう指示を出した。

「なんなんだよ」

「出せよ」

「ポリ公がなんでいるんだよ」

大声を発する客らを、スタッフがなだめてダンスフロアに移動させる。男女が半々だ。

それを見届けると、後藤が、負けん気の強そうな顔で長い髪を横に流しながら、

「いきなりって、ないんじゃないですか」

と食ってかかってきた。

「なにがだ」

「まだ宵の口ですよ。警告くらいあってもいいじゃないですか」

後藤が風営法の取り締まりに来たとかんちがいしているのは明らかだった。

「今回はちがう」

「なにが？　うちはちゃんと風俗三号営業の許可をもらってますよ」

「だったら、午前零時でお開きだろうが」

三号営業はダンスをする店としての許可だ。ただし、営業時間は午前零時まで。

「そんなこと百も承知ですよ。だいたい、これまで営業時間のことでがたがた言われたことはないっすよ。どうして、うちを狙うんですか？」

結城は返事をせず、小西が支えている男の尻ポケットにある財布をとり出して調べた。大手信販会社の社員証が出てきた。古川直樹、二十八歳。

気になっていたズボンの右ポケットのふくらみから、中身を引き抜いた。

五センチ四方のパケットの底に白っぽい粉末が張り付いている。袋ごと、それを後藤の鼻先に差し出した。

「見覚えはないか？」

「そんなもん、知るはずねえじゃねえか」

「中身はなんだと訊いてるんだ」

「わかんねえよ」

吐き捨てるように答える。

応援の捜査員たちが現れて、古川を引っ立てるように外へ連れ出した。

――さっさと、出せよ。

――DJ、音楽再開!!

ダンスフロアに押し込められた客たちの声がヒートアップしてくる。

ここは、六メートル四方のステージとその三倍ほどのダンスフロアからなる〝小箱〟だ。収容人員は百名前後。

結城は後藤の顔に接するほど近づき、

「客の中にヤクの売人がまぎれ込んでる。全員の身柄をあずかる。渋谷署に連行するから協力しろ」

「無茶な。だいたい、ヤクって、なんなんですか?」

「メリー。コカインを十数倍強力にしたやつだ」

後藤は目を見開き、まじまじと結城の顔をのぞき込んだ。

「聞こえたか? 客全員に、麻薬取締法違反の容疑がかかっているんだ。さっさと手伝え」

すでに二十名ほどの捜査員が客たちの身体捜検をはじめている。それを見て、後藤はしぶしぶ引き下がった。

小西と寺町が、呆然とした表情で事態を見つめている。結城はふたりに、

「どうだったんだ？」

と疑問を投げかけた。

「ずっと、この位置にいました」

ドリンクカウンターの前だ。短い階段の先に男女のトイレがある。そのあたりで、ヤクの売買が行われているという噂があった。小西がいるのは、それを見通せる位置だ。

「それらしいのはなかったのか？」

「少しも」

結城は寺町の顔を見やった。

「すみません、ずっとひとりで回ってました。ナンパがきつくて」

こちらも売人を見ていないようだ。

――ざけんなよ、なにすんだよ。

声高に抵抗する客の声が響いて、結城はそちらを見やった。

客たちを押さえつけて、捜査員が捜検を続けている。

携帯の画面をのぞき込んだまま無言で打ち込んでいる客もいる。売人とおぼしき人間は

まったく見あたらない。

そこにやってきた石井に、結城はパケットを見せた。

「メリー？」

「なんとも。渋谷署の態勢は？」

「ぬかりないですよ。もうじきバスが到着します。署ではうちと機動隊員が手ぐすね引いて待ってますから」

「よし、出るといいが」

「吉報を待ちましょう」

メリーの正式名称はMVと呼ばれる薬物だ。覚せい剤やコカインと似たカチノン系。効き目はコカインの十数倍あると言われ、摂取後は極度の興奮と不安が交互に現れて攻撃性が高まり、しかも依存性も高い。これまで、脱法ドラッグとして流通していたが、今年の五月に麻薬指定され、所持や使用が禁止されたばかりの厄介な代物だ。

捜検がすんだ者から、順繰りに外へ連れ出されていくのを結城は見送った。

2

同日午前。

渋谷署内にある小会議室。

「古川の尿から出たか？」

生活安全特捜隊副隊長の内海が言った。

結城の直属の上司だ。警務畑の長い事務屋だが、いまのポストも、腰掛け程度に思っているフシがある。

「出ました」

結城は答えた。

「そうか、出たか」

内海は安堵の表情を浮かべた。

ＭＶが麻薬指定されて半年足らず。尿検査用の試薬ができあがったばかりで、実績がほとんどないためだ。

「古川本人は現行犯逮捕しました。ほかの従業員や客からはひとりも出ませんでしたが」

「やつが所持していたパケットは？」

「科捜研に送ってあります。本日じゅうには判定が出ます」

「明日の送致には間に合うな？」

「むろんです」

「よし、立件はかたいな」

「いけると思います。ただ……」

「なんだ？」

「売人が見つかりません」

「客や従業員で、ヤク関係の前科を持っているやつはいなかったか？」

「ひとりもいません」

「古川はなんと言ってる？」

「午前零時すぎ、店の客の男から買ったと言っています。ただし、その時点でかなり酒が入っていて、おまけにあの暗がりです。名前どころか、人着（人相着衣）もはっきりしません」

「ぶざまなもんだな」

それまで、だまって銀縁メガネを光らせ、ノートＰＣの画面に見入っていた男が言った。組織犯罪対策五課の大野管理官だ。

「見落としはないと思います」

結城は反論した。

「ふざけるな。これだけ大騒動を起こして、ネズミ一匹しかパクれんのか。見ろ」

大野はノートＰＣの画面を結城と内海に突きつけた。

ツイッターの文面が並んでいる。

〈最悪。しつけー。根拠ないやつまで取り調べ〉

〈屈辱(くつじょく)！　人生初の尿検査　させられましたぁ〜〉

〈おれたちの大好きな空間を横取り　悪辣(あくらつ)な警官ども〉

同晩、渋谷署に連行された客たちが書き込んだものだ。

ほかのＳＮＳでも、深夜の摘発の話題で大盛り上がりになっている。

「人権侵害で公安委員会に訴えると息巻いてる客がいるそうじゃないか」

「それに近いことを言うのはいましたが」

「だいたい、生特隊あたりが出しゃばるからこんなざまになるんだ。赤羽(あかばね)の件を忘れたか？」

ぴしゃりと大野は言った。

赤羽では去年、フィリピン人による覚せい剤密輸事犯があり、そのときも組対(そたい)部と生特隊で対立したのだ。

「お言葉ですが、今回のヤマは生安部長からじきじきに下りてきた事案です。組対からクレームをつけられる筋合(すじあ)いなどありません」

「結城、そうあわてるな」

感情を表に出さない顔で、内海が口を挟(はさ)んだ。

「まあ、薬物事犯の捜査権限を持つのは組対さんですから、お怒りはごもっともですよ」

内海が続ける。「ただ、どうでしょう。ヤクと言えばなんといっても、覚せい剤事犯が焦眉の急じゃありませんか。これを挙げるのが警察に課せられた最大の使命であることに変わりないと思うんです。それには、一事が万事、組対さんのふんばりにかかっていますよ」

「まあ、シャブはいっこうに減らないからね」

いささか、大野はトーンを落とした。

「残念ながら、そのとおりです。組対さんのお力をその方面で存分に発揮させてこそ、警察への信頼に通じるというものです。うちなんか、とてもとても」

内海は結城にちらりと流し目をくれた。

「それはまたご謙遜を」

「いえいえ、脱法ドラッグごときは、目くそ鼻くそ。組対さんのお手をわずらわせるわけにはいきませんよ」

「実態は雲をつかむようなものだからな」

まんざらでもない顔で大野は言う。

「そうそう、今回のヤマはうちにおまかせ願えませんか」

「まあ、そういうことなら、帰って課長に話を通してみようか」

「そうしていただけると助かりますな」内海は言った。「うちのほうの進捗状況は、逐

一、中尾課長さんのほうに上げさせていただきますから」

中尾は組対五課長だ。

「くれぐれも頼むよ。うちの課長、そっちに持ってかれて、機嫌悪いんだ」

親指を立てて大野は言った。

「お察しいたします」

内海が頭を下げると、大野は自分の役目は果たしたという顔で、部屋を出ていった。

「ということだ」内海は言った。「もう言い逃れできんぞ。大丈夫か？」

「やるしかありません。かならず、売人を挙げます」

「よし。身柄を送致したら大々的に記者会見だ」

早くもヤマが解決したと言わんばかりの内海に結城は鼻白んだ。

結城が籍を置く警視庁生活安全特捜隊は、生活安全部に所属している。本隊は東京ドームの西側にある警視庁富坂庁舎にあり、二百名の隊員を抱えている。隊は班分けで構成され、警部の結城は総勢十二名を配下に置く第二班の班長だ。ひとつの班はさらに三つの組に分かれている。ただ、扱う事案は、風俗や少年事件関係が主で、殺人事件などの派手な事案とは無縁。薬物捜査も組織改正で組織犯罪対策部が受け持つことになった。警視庁内では、〝研修所〟などと下に見られている部署だ。

結城は四十二歳。警視庁に入ってずっと刑事志望だったが、長いあいだ、地域課と交通課を行き来し、冷や飯を食わされていた。それが二年前、生特隊へ異動してきた。以来、必死になって仕事に励んできた。表面的には地味に見える事案の奥底で、醜く激しい人の情念が渦巻いていることを思い知らされた二年間だったのだ。

「それにしても、結城、生安部長からじきじきに下りてきた事案だと？　聞いていて冷や汗が出てきたぞ。もとはといえばおまえが拾ってきたネタだろうが」

「すみません、つい」

「しらっとした顔でまあ……今回のヤマはどこから引いてきた？」

「それは、言わぬが花ということで」

結城は情報屋から仕入れたようなことをにおわせた。

「それはいいとして、どこから手をつける？　古川はあてにならんだろ」

「店の従業員を徹底的に叩きます」

「客は？」

「それらしいのはむろん。それより、こっちが気になります」

結城はノートPCの画面を指した。

「つぶやきなぞ、放っておけ」

「いえ、店側が」

「店がどうした？」

「営業妨害で警察を訴えると息巻いています」

「威勢がいいのもいまのうちだ。うちの手のひらで遊ばれてるのも知らないで」

渋谷署の生安がその気になれば、ダンスクラブのひとつやふたつ、すぐつぶせる。しかし、それもおとなげない話だと結城は思うのだ。若者たちが集まって楽しむ場所にいちいち目くじらを立てるのは。

「なるようにしかならん。好きにさせとけ。戻るぞ」

「ありがとうございました」

結城は部屋を出ていく内海を見送った。

入れ替わりに三人の部下が入ってきた。

こざっぱりした角刈りの石井誠司警部補が正面にすわるなり、

「組対の大野さんと廊下ですれちがいましたけど、またなにか？」

と言った。

石井は市民農園の畑仕事が趣味の五十七歳。少年事件を専門にしてきた生安部のベテラン捜査員だ。

「軽くジャブを食らっただけですよ」

「うちの生環(せいかん)がらみのことで？」

同じ生活安全部に属する生活環境課のことだ。つい二ヶ月前にも、脱法ハーブ販売の容疑で、その生環が渋谷の道玄坂（どうげんざか）にあるハーブ店を摘発したばかりなのだ。

「それは出なかったですよ。はっきり言って、脱法ハーブの所管はどっちつかずですから」

取り締まり対象が雲をつかむようなものなので、生安部でも組対部でも、手をこまねいているのが実情なのだ。

「じゃ、今回のヤマはうちでやれるんですよね？」

我が意を得たりとばかり言うのは、小西康明巡査部長。最近、髪を伸ばしてたっぷり整髪料を使うようになったので、広告業界の営業マンといったふうだ。東京の山の手の生まれで、ひとりっ子。三十三歳の独身だ。もともとは警務部門を希望していたが、刑事講習要員の空き（あ）ができて、しぶしぶ生活安全部の捜査員になった変わり種だ。

「なに抜かしてるんだ。売人に逃げられたくせに」

石井が小西に向かってこぶしをふりあげる真似（まね）をすると、小西が大げさに身を引いた。

「やめてください」

マチ子こと、寺町由里子巡査長があいだに入った。紺のワンボタンスーツ。目が大きく鼻筋の通った二十九歳。父親の仕事の関係で海外生活の長かった帰国子女だが、もっかのところ色気はない、仕事一筋の女性刑事だ。

「小西、もう一度確認するが、古川にブツを売ったあと、売人はクラブから消えたということだな？」

　結城はあらためて訊いた。

「そう思われます。万一のときのことを考えて、クスリ屋は裏口をたしかめておいたんだと思います」

　同じビルの一階へ通じる階段があるが、それは従業員しか知らない。おまけに、クラブには防犯カメラが一台も仕掛けられておらず、後追いで怪しい人物の確認はできないのだ。

「イッさん、古川はどうだった？　出そうもないか？」

　石井は今朝の八時から取り調べをはじめた。もう三時間が経過している。

「野郎、まだドラッグで酔っぱらっていましてね。話すどころか、ろれつが回らないんですよ」

「だめか……」

「ヒップホップの部屋でブツを買ったようなことは言ってますけどね」

「やっぱり」寺町が言った。「ダンスホールの西側にヒップホップの専用室があります」

「古川はヒップホップをやるのか？」

「署に連行されてきた従業員の連中が内緒話していたのを聞いたんですよ」小西が言った。「メリーはヒップホップルームで手に入るとか言うのを」

「そこに入ったのか？」

「いえ、十人も入れば満杯ですから目立ちすぎて」

「そうなんです。とんでもなく大きなスピーカーが壁に埋め込まれていて、鼓膜が張り裂けそうな音量でがんがんやってました」

寺町がつけくわえる。

「じゃあ、ヒップホップルームで遊んでいた客はどうだ？」

「確認できていません。客は全員、メインのダンスフロアに集めましたから」

「従業員は？　覚えてるのもいるだろ。専用室の常連客もいるかもしれんし」

「了解です。これから当たってきます」

小西が寺町の顔を見て言った。

「すぐ行ってくれ。なにか、わかったら、電話をよこせ。おれはイッさんと古川の様子を見てくる」

結城が言うとふたりは部屋を出ていった。

昼食をはさんで、結城の携帯に小西から連絡が入った。

「従業員の連中、もう全員、店に出てますよ」

「早いじゃないか」

「不平たらたらです」

「きょうもオープンする気か？」

「店長はその気みたいですね」

「渋谷署の生安課長は警告に出る腹だぞ」

「え、そうなんですか？」

「決まってるだろ。これだけ大事になって、しゃらりと営業を再開されてみろ。それこそ警察の面目丸つぶれだ」

「面目こそ警察の本丸ですからね」

「で、どうだ？」

「それがヒップホップルームの担当というのはいなくて」

「怪しいのがひとりやふたりいたんじゃないのか？」

「とくに常連で使っていた客はいないらしくて。ただ、ひょっとするとっていうのがひとり。従業員のなかで協力的なのがいましてね。なんでも、クスリらしきものをやりとりするのを一度だけ見たと言うんですよ」

結城は耳を澄ました。

「ただ、顔は覚えていないそうです。バギースタイルのパンツ、ご存じですか？」

「だぶだぶのだろ？」

「ええ、それを、ばっちり腰穿きで着こなしていたということぐらいしか」

「それだけなら、ごまんといる。特定できんな」

「ただし、どっちかの腕に、筆記体のレタリング文字でタトゥーを入れていたとかです」

「それも大勢いるだろ」

売人はもう二度とサバンナには来ないだろうし、被疑者を特定する手がかりにはならない。

「そいつはいつごろ来たんだ？」

結城はあらためて訊いた。

「はっきりしません。音楽の合間に、『おれが教えてるガキどもより下手だ』とか言うのを聞いたことがあるそうです」

「教えてる？　ダンサーか？」

「わからないですよ、それは。近所の子どもらを集めて、いい気になってるだけかもしれないですから」

「小西、その従業員に食らいついてみろ」

「了解」

夜の十一時半。遅い帰宅になった。狛江駅南口の改札をくぐると、お父さん、と呼び止められた。水玉模様のワンピースに黒のベルト。いつの間にか長くなった髪は栗色に染められ、エナメルのクラッチバッグを抱えている。どうみても、遊び帰りだ。去年までは浪人生だったのに。

「歩くんでしょ?」

結城はものも言わず、ロータリーでタクシーに乗り込んだ。

ずかずかと横に入ってきた娘の絵里に、

「疲れた。歩く気などせん」

と伝える。

「昨日のあれのせい?」

結城はそれに答えず、行き先を告げた。

「なんだ、その恰好は」

走り出してすぐ、結城は言った。

「もう大学生なんだし」

絵里は今年の春、二流どころの私大に進学した。高校生のころは、パティシエの専門学校に行くと言っていたのに、ふたを開けてみれば、国際教養学部などというわけのわからない学部におさまっている。

「学校は?」

「木曜の午後は授業とってないの」

「遊ぶためだな」

「想像におまかせ」

「きょうもクラブか？」

「ひょっとして、渋谷のサバンナのこと言ってる？　あそこは新学期に入って一度、コンパのあと行っただけじゃない。言ったはずでしょ。きょうは新宿でカラオケ」

「けっこうなことだ」

　暇があれば、バイトでもすればどうだと言いかけたがやめた。

　少しばかり借りがあるせいだ。

　絵里はアイシャドウを入れた目で結城をにらんだ。

「それより、お父さん、ほんとにやったんだね」

　結城はだまってうなずいた。

「まさかって思ったよ。テレビのニュースじゃやらないけど、ネットで、ばーっとあふれたし。生きてる心地しなかった」

「おまえのせいじゃない。心配するな」

「サバンナの麻薬の密売、教えたのはわたしよ」

「酔っぱらって帰ってきたくせに」

「でも、そのとき、わたしがしゃべったのを聞いたからでしょ?」

口にチャックしろとジェスチャーすると、絵里は肩をすくめた。

実際には絵里のその一言でサバンナを調べはじめたのだ。それから何人かの情報屋(エス)に探りを入れてみて、店内でのMV取引が浮かび上がった。ほんの十日前のことだ。

「きょうは、だれかから、なにか言われるんじゃないかって、ドキドキしっぱなし。お父さんが警官だって知ってる友だちは少ないから助かったって感じ。でも、まずいなあ」

「なにが?」

「サバンナってクラブデビューするにはお手頃な箱なのよ」

「だから、売人なんぞにつけ込まれるんだ」

「クラブが悪いような言い方してほしくないな……」

そのとき、ふところの携帯がふるえた。小西からだ。

「おれだ、どうした?」

「三軒茶屋(さんちゃ)にいます」

「なにしてる?」

「サバンナの常連のヒップホップグループを見つけました。たったいま、会ってきました」

帰宅したと思っていたが、仕事をしていたのか。

「なにかあったか？」

「クスリ屋の人物特定といきたいんですけど、なかなかそうはうまくいかなくて」

「なにかあったんだろ？」

「グループのうちのひとりが、売人とおぼしいやつのことを覚えてましてね。やっぱり、サバンナのヒップホップルームで見かけたと言うんですよ」

「どんなやつだ？」

「若い男のようです。そいつが踊ってるのを見て、下手だなってけなされたらしくて」

「昼間も同じことを聞いた」

「続きがあるんですよ。その売人らしいやつ、『下北に来れば、いつでも教えてやる』とか言っていたらしくて」

「世田谷の下北沢か？」

「たぶん、そうだと思います」

3

翌日。

「狭いな」

結城は言った。

「クランクばかりで迷っちゃいますよ」

左手から自転車が飛び出してきたので、小西はスローダウンさせ、カーナビのモニターを見やった。

「もう百メートルもないのに、大回りか」

画面には次の目的地の小学校がピンどめされている。

「あわてなくていい。時間はたっぷりあるし」

結城らの割り当ては下北沢駅を中心にした五つの小学校だ。これまで二校を訪れたが、〝ガキにヒップホップを教える男〟の手がかりはない。

「やっぱり、中学校かな」

それは石井と寺町の担当だ。

「ニュアンスからすると、そっちかもしれんな」

「あれ？　班長弱気じゃないですか」

「そういうおまえこそ、やけにはりきってるじゃないか」

「なに言ってるんですか。今回はうちのヤマですよ。組対の連中を見返してやりましょうよ」

「そうだな」

「しかし、中学校の先生も大変ですね。授業でヒップホップダンスを教えるなんて」

「生徒のほうがうまいんじゃないか」

「先生が教えられるって？　絵にならないなあ。クスリ屋も、ヒップホップの、影を踏む」

　小西が句を詠（よ）んだ。

　今年からダンスが中学校の体育の必修科目になり、なかでもヒップホップダンスを採用する学校が圧倒的に多いらしい。それを先取りする形で、小学校でもヒップホップダンスを取り入れているのではないかと思われたのだ。

「それはいいとして、下北半島のまちがいじゃないだろうな？」

「それはないですって」

　小西がいいかげんにしてくれという感じで言う。

　下北沢は京王井（けいおうい）の頭（かしら）線と小田急（おだきゅう）線が交差する学生の街だ。下北沢駅のまわりは大規模開発とは無縁だった土地柄で、古着屋や芝居小屋などがまだ多く残っている。

　携帯がふるえた。寺町からだ。

「班長、なにかありましたか？」

　寺町が言った。

「まだはじめたばかりだぞ。なにもない。そっちは？」

「ヒップホップダンスが正式に授業で行われるのは十一月になってからだそうです。いまは、体育の先生方が講習を受けている段階のようですけど。小学校はなにか？」

「特別なことはない。一般向けに区民センターや集会所でヒップホップ教室があるようなことを聞いた」

「それはこっちでも。下北沢駅近くの空きビルで、子どもたちがヒップホップダンスを踊っているのは？」

「どこだ、それ？」

「去年まで通信会社の営業所だったところで。そこを商店街組合が借り上げて無料で開放しているらしいです」

ヒップホップはかなり地域に食い込んでいるようだ。

「わかった。そっちは何校残ってる？」

「一校です」

「こっちも回り終えたら、そこへ行ってみる。落ち合う場所は？」

「南口の本多（ほんだ）劇場前で」

「わかった」

午後五時ちょうど。

軽快なラップミュージックが流れていた。そぞろ歩きの学生や夕食の買い出しに来た主婦たちが、足を止めて中をのぞき込んでいる。ガラス張りになったビルの一階だ。十人ほどの子どもたちがフローリングの床の上で、軽快なヒップホップのステップを披露している。

その斜め前にある大型薬局の中に散って、結城らは〝下北沢ラボ〟を見ていた。商店街組合が無料貸出しているスペースだ。

「副隊長の記者会見、調子よかったですね」

小西が言った。

ニュースでサバンナでのMV摘発を放映するテレビ局も出てくるかもしれない。最低でも新聞には載る。

売人は腰が抜けるほど驚くだろう。サバンナはおろか、ダンスクラブには決して近づかない。目立つような真似はしないはずだ。……しかし、遠からず動く。

「あれって、どう見ても幼稚園児だな」

最前列でぎこちないステップを踏んでいる男の子がいる。

「そうですね」

寺町が言った。

「そんなに人気なのかな」

見たところ、ほとんどが小学生だ。

「学校で必修になったんですから」

塾代わりにダンススクールへ通う時代が来るのだろうか。

「いつも、あんな感じでやっているのか？」

結城が口にした。

「不定期に週一、二度だそうです。ほかは学生がアート展を開いたり、鉄道ファンが鉄道模型を持ち込んだりしているようですけど」

そのとき、奥手のドアが開いて、だぶついた上下スウェットを着た男が現れた。男は子どもたちのうしろで調子を合わせて、踊りはじめた。身体をくねらせる。若そうだ。

陳列棚のかげから、小西が望遠レンズのついたカメラを男に向けた。

撮影後、小西は結城のもとに来て、デジカメのモニターを見せた。

二の腕が写っている。英語の筆記体のタトゥーだ。レタリング文字でＢｅｙというところまでは判別できる。それ以降は、隠れて見えない。

「たぶん、アメリカのヒップホップの女王ですよ」

小西は高名な米人歌手の名前を口にした。だれもが聞いたことのある名前だ。

アップで撮った男の顔写真をモニターに写した。とがったあごだ。二十五歳前後だろう。きりっとした、抜け目なさそうな目をしている。

「たぶん、こいつだ」

小西は決めつけるように言った。結城は反論しなかった。

〝下北沢に住み、腕にタトゥーを入れた、小学生にヒップホップを教えている若い男〟

ぴったりだ。

五時半にダンスが終わると、子どもたちがラボから出てきた。しんがりに、メタリックのジャンパーを着た男が姿を見せた。さきほどの男だ。しわのよった紙袋をわきに抱えている。

部下に目くばせすると、まず石井が店を出ていった。続いて小西と寺町が並んで通りを歩き出した。結城はしばらく間をおいて、通りに出た。

五十メートル先に男がいる。だぶついたジーンズをずり落とした腰穿きで、ズボンの裾(すそ)を地面まで落とし、平気でひきずりながら歩いている。まわりもほとんど若者なので、目立たない。

男は商店街本通りのアーチをくぐり、茶沢(ちゃざわ)通りに出て左に曲がった。井の頭線のガードをくぐり、左に折れるところに、古びた飲み屋街があり、その入り口あたりにライブハウスの看板が出ている。男はその前で立ち止まり、携帯で話し込んだ。しばらくするとライブハウスのある地下から、長い髪の女が階段を上がってきた。男は持っていた紙袋を女に手わたして、何事もなかったように、飲み屋街の横手にある道を歩き出した。

女は紙袋を持って、階段を下りていった。

石井が男に張りついた。結城は小西と寺町に女の確認を命じ、石井のあとを追いかけた。

男は飲み屋街わきの坂道を上がっていく。

坂を上がりきったところに教会があり、そこを右に曲がった。戸建て住宅はなくなり、マンションが建ち並ぶ閑静(かんせい)な一角だ。角から三軒目のマンションに男は入っていった。

石井が建物の様子をうかがいながら、その中に消えた。

三分ほどして、石井が姿を見せ、結城がいる角まで戻ってきた。

「植村(うえむら)っていう男のようですね。三階の三〇三号の窓が開いて、やつの顔が見えました」

「イッさん、交番に行こう」


三十分後。

交番の奥部屋に小西と寺町が入ってきた。

「わかったか?」

結城が訊くと、寺町が口を開いた。

「名前だけは。小松明美(こまつあけみ)、二十八歳です。ソドムの従業員のようですね」

女が入っていったライブハウスだ。

「マチ子、ソドムってどんな店だ？」

石井が訊いた。

「新宿にある大手のライブハウスの姉妹店になってます。これです」

寺町が携帯で検索した店の写真をさし出した。

「ロックバンドから芝居まで、毎日なにか、打っているみたいです」

「ダンスの興行は？」

「ダンスは……ほとんどないようですね」

寺町が検索しながら答える。

「知らねえ名前ばっかり。ちんけな箱だな」

横からのぞき込む小西が言う。

「それより班長、男は？」

寺町から待ちかねたように訊かれ、

「巡回連絡簿にある名前は植村勝也（かつや）、二十六歳。独身だ。職業、ダンス関係となっている」

「前科（まえ）はありますか？」

「二十のとき、シャブで捕まっている」

石井が言うと小西の目がぱっと輝いた。

「やつだな」

「まだ、断言できんぞ」

「いや、やつですって。さっきの女はやつの客ですよ。あの紙袋の中を調べればきっとブツが出てくる」

「だとわかりやすいがな」

「やっぱり、ダンスつながりですかね」

「今晩は公演があるのか？」

結城が訊いた。

「十九時からヘビメタバンドが出ます。入場料二千円の」

「しばらく、両面(りゃんめん)張りしますか？」

石井が言った。

「かかるか」

「わたし、客を装って入ってみましょうか？」

と寺町。

「そうしてくれ。ただし、目立つなよ。へたに動いて気づかれたら元も子もない」

「わかりました。くれぐれも慎重に」

「小西はすぐ三軒茶(さんちゃ)屋へ行け。サバンナ常連のヒップホップグループの連中と会って、植村の写真を見せろ」

「了解」

「おれは植村を張る。イッさんはソドムの外張り。女のヤサをつきとめてもらいたい」

三人はうなずくと、交番を出ていった。

4

土曜日。午後二時過ぎ。

結城は煤けた窓越しに、通行人の多い通りの反対側にあるビルを見ていた。幅十五メートルほどのモダンな三階建て。一階と二階は特注の全面ガラス張りだ。その二階で六人ほどの男女が社交ダンスのグループレッスンを受けている。植村勝也が講師として籍をおいているダンススクールのスタジオ・トヤマだ。

「どこからこんなに人が湧いてくるんですかね」

小西がビデオカメラのファインダーから目をはずして、通りを見下ろした。

若い男女がひっきりなしに往来している。入学試験でもはじまったのかと思うほどだ。

下北沢駅西口からのびる商店街で小田急線の線路にも近い。飲食店がやたらと多く、古着や雑貨を売る店もブロックごとにある。結城らが張り込んでいる拠点の一階も、一九六〇年代の玩具や生活用品を売る店だ。

「風俗がないのは学生が多いからでしょうかね」

「学生で浄化されてるとは思えないがな」

「浄化ですか。うまいこと言いますね。学生や、下北沢の、ご用達」

小西の句を聞きながら、ふと結城は娘の絵里の顔を思い出した。大学生でいるあいだに、この街にも遊びに来るかもしれない。

畳から振動が伝わってきて、建物の裏手から電車の通るけたたましい音がした。線路がすぐ裏手にあるのだ。その音とともにふすまが開いて、寺町が入ってきた。ニットのワンピースにジーンズ。あか抜けていないぶん、この街に妙に似合っている。

「植村はどうですか」

寺町は立ったまま、カーテンの横からトヤマを見やった。

「三十分前にビルに入っていった」

結城が答える。

「じゃあ、中に?」

「三時半から、小学生対象のヒップホップのレッスンがある」小西が言う。「マチ子、小松明美はどうだった?」

「アパートから一度、ゴミ出しで姿を見せたきりです」

小松明美は、井の頭線で下北沢駅からひとつ吉祥寺よりの新代田駅近くのアパートに住んでいる。変電所裏手の古いアパートだ。昨夜、石井が尾行してつきとめたのだ。明美には前科はない。

「聞き込みはできた？」

「はい。小学五年生の女の子とふたり暮らしです」

「母子家庭か」

「アパートは家賃四万、六畳一間。築四十年の年代ものです。大家に聞きましたけど、評判が良くありません。子どもの面倒を見るのが嫌いみたいで」

「家賃は払ってる？」

「きちんきちんと納めているようですね。電気代なんかも滞納はないみたいですから」

「それはいいが、マチ子、明美はソドムでなんの仕事をしていた？」

結城が割り込んだ。

「切符切りから、ドリンクのサービスまでひととおりすべて。ぶすっとした感じで、いい印象は受けなかったです」

「例の紙袋の中身はわかったか？」

小西が訊いた。

「だめです。ロッカーかスタッフルームに置いてあると思いますけど、勝手に動き回ったら怪しまれるのがオチですから。小西さんのほうはどうでした？」

「割れた。やつだよ。サバンナでクスリを売っていたのは」

「たしかですか？」

「三軒茶屋(さんちゃ)でやつを見た連中を探し出すのにえらい苦労してな。どうにか、そのうちのひとりをつかまえて、やつの写真を見せた。ビンゴだったよ」

「そうですか、やっぱり」

寺町はしゃがみ込んで、ビデオカメラのファインダーをのぞき込んだ。

「いくら見たって、写ってないよ。いま、やつは中に引っ込んでるから」

結城は寺町に、

「イッさんはまだ向こうか？」

と訊いた。

「クルマで小松のアパートを遠張(とおば)りしてます」

「クスリは見つからない？」

小西が訊く。

「そんな簡単に、はいどうぞってドラッグが出てきたら苦労はせんぞ」

結城がたしなめると、小西は気まずそうに窓のほうを向いた。

階段を上ってくる足音がして、ふすまが開き、石井が顔をのぞかせた。

「あ、石井さん」

寺町が声をかけた。

石井は入るなり、小西に中身がつまったポリ袋を投げつけた。

うっ、と言いながら受けとった小西が、袋を見て顔をしかめた。

「なんですか、これー」

「小松が出したゴミだ。しっかり、調べろよ」

言われた小西は、おそるおそるポリ袋の中をのぞき込んだ。

「カップラーメンのクズばっかりじゃないですか」

「菓子も入ってるぞ」

「ジャンクフードばっかり」

「クスリもあるかもしれねえぞ」

「しゃれにならねえな」

言いながら、小西は寺町をふりかえった。

中にクスリは見つからなかったのだろう。

「イッさん、早かったですね」

結城が声をかける。

「いつまでたっても、明美はアパートにこもって出てこないしね。娘のほうが出てきたので、潮時だと思って。こっちのほうはどうです？」

石井は窓に張りついて通りの反対側のビルを見やった。

子どもたちが、二、三人ずつかたまって、トヤマの入り口から中に入っていく。このあと、植村からヒップホップのレッスンを受ける小学生たちだろう。

結城は石井にひととおりの説明をし、小松明美について訊いた。

「明美は四年前に離婚してますよ。あちこち転々として、いまのアパートに居着いたのは二年前ですね」

「実家はどうなってるんですか？」

小西が訊いたが、石井は知るか、の一言で片づけた。

「しかし、土曜日のこんな時間になっても、出てこないなんて。明美はクスリ飲んで、まだラリってるんじゃないですか？」

と小西が言う。

トヤマを見ていた石井が、あれ、と声を上げたので、結城もつられて外を見やった。

「明美の娘だ」

石井がつぶやいた。

ピンクのリュックサックを背負った女の子が、トヤマの一階にある入り口から中に入っていった。すぐ二階にあるスタジオのドアが開いて、いま、入っていった女の子が姿を見せた。

「あれが？」

「そうそう、あのリュックとオレンジのフリース。まちがいないですよ。ちょっと勝ち気そうな顔してるでしょ。娘の、なんていったかな」

長い髪をうしろでひっつめにしている。デニムのショートパンツを穿き、ぴっちりした黒いトレンカで足をつつんでいる。

「杏奈（あんな）だったと思います」

横からのぞき込んでいた寺町が言った。

身長は百四十センチあるかないか。ほっそりした体格だ。小学五年生の平均的な体つきかもしれない。

杏奈は社交ダンスのグループレッスンを見守りながら、壁際にリュックサックをおろし、中から靴（くつ）のようなものをとり出して床においた。

「見せてみろ」

結城はビデオカメラのファインダーに目を当てた。

靴に焦点を合わせる。女性がパーティで履くようなミドルヒールの靴だ。ベージュ色をしていて、どことなく、くすんでいるように見える。

「ダンスシューズじゃないかな」代わって、ファインダーに目を当てた石井が言った。

「中古品だな」

杏奈はその靴を履いて、壁の鏡に写る自分の姿を見て満足そうに笑みを浮かべた。大会用らしい。ぴったりだ。

ドアが開き、一目で小学生とわかる、杏奈と似たような背丈の男の子が入ってきた。しゃれた柄のマウンテンパーカーを着ている。

杏奈は履き終えた靴を男の子に見せると、ふたりはひとしきり話し込んだ。それがすんで、杏奈は靴を脱いでだいじそうにリュックにしまい、レッスン用らしい上履きを出して履きかえた。その場でおもむろに両手を上げて、ストレッチをはじめる。

男の子もパーカーを脱ぎ、コットンパンツのベルトをゆるめて床に落とした。こちらも黒いトレンカとTシャツ姿になり、運動をはじめる。

思い思いのやり方で身体をほぐしたあと、ふたりはグループレッスンのかたわらで、身体をぴったりと合わせて腕を組み、軽いステップを踏みはじめた。

「こいつら。あの歳で社交ダンスかぁ」

小西がしかめっ面で言い放つと、ビデオカメラの電源を切った。

「マチ子、なに見てるんだ」

石井もからかうように言う。

「なかなか上手ですよ、あの子たち」

「いいから、下見してこいよ」小西が窓のカーテンを引きながら言った。「もうじき、一階で植村のヒップホップ教室がはじまるぞ」

一階のスタジオは、ここからだと奥まで見通せない。

「聞いてくれ、みんな」結城が口を開いた。「とにかく、植村をぴったりマークしたい。まず、やつのダンス教室のスケジュールをおさえたい。それに、教えてるのはここだけじゃないかもしれん。イッさん、できるか？」

「やってみますよ。ダンス教室内部のこともできればね」

「たのむ。それから、やつの電話の通信記録を調べる必要がある。小西、いいな？」

「了解です。銀行の口座は？」

「それもおまえがやるんだよ」

と石井が小西の頭をこづく。

「とにかく、クスリの受けわたし現場を押さえることができれば御の字だが、そううまくいかないだろう。せめて、仕入れ先でも見つかればいいが」

「ネットで仕入れているんじゃないですかね？」

小西が言った。

「いまの段階ではなんとも言えない。手わたしでやっているのが気になる。おおぜい、客がいるような気がしてならない」

「その可能性は大ですね」

「いいね、ますますいい」

小西が調子づく。

「ここはどうしますか？」

石井が部屋を見回して訊いた。

「とうぶん詐欺(さぎ)事件の捜査用にといつわって借り上げた。植村の動きしだいだ。ここで様子を見よう」

「あの、小松明美はどうしますか？」

寺町がおずおずと口にした。

「植村が最優先だな」

小西が応じる。

「……でも、それなりのつながりはあると思いますけど」

「ふたりはこのスタジオで知り合ったんだろう？」

「つきあっているとか？」

「わからんが、その可能性はある。マチ子が気になるなら、少し調べてみるか？」

結城は言った。

「え、あの女を？」小西が言った。「これから植村の行確(こうかく)（行動確認）で手一杯になりますよ。人手がいくらあっても足りなくなりますから」

「班長、ほかの組から人を借りられませんか？」

石井が言った。

最低でも六人はいる。結城の配下にある、ほかの二組の八名を投入するべきだろう。

「わかった。そうしよう。マチ子、助っ人がいるときはイッさんにたのめ」

「了解」

「週明けになるが、おれは所轄に顔を出してくる。いちおう、話だけは通しておかないと。ついでに、このあたりのクスリの状況も頭に入れておきたい」

「いりますね、それは」

石井はうなずいて言った。

「はじまりましたよ」

小西がトヤマの一階を見て言った。

子どもたちが整列して、一斉にヒップホップダンスのステップを踏みはじめた。

植村が手拍子をとりながら、その様子を見ていた。

5

午後五時ちょうど。

ヒップホップのレッスンが終わり、子どもたちはみな、家路についた。班長の結城らは、トヤマから出てきた植村にぴったり張りついて尾行を開始している。ひとり残された拠点から、寺町由里子はあらためて細めにカーテンを開け、トヤマの二階に目をやった。

小松杏奈とパートナーの子が社交ダンスをはじめて、もう一時間半がすぎようとしている。オーナーらしい男性の指導を受けながら、何度か休みはとったようだが、ほとんどぶっ通しで踊り続けている。

それにしても、あのふたりはなんと根気のあることだろう。ぴんと張った胸や伸ばした指の一本一本まで、神経を使っているのが素人目（しろうとめ）にもわかる。大人顔負け。いや、それ以上かもしれない。

寺町は携帯をとり出し、ネットを起動させた。〝サバンナ　脱法ドラッグ〟で検索をかけてみる。

〈クラブ文化を狙い撃ち〉

〈表現の自由に対する警察の弾圧〉

脱法ドラッグを使用した古川についてはふれず、サバンナの摘発そのものに目的があったと批判する書き込みばかりが目立った。

ここ数年のダンスクラブ摘発は、警察内部でも意見がくいちがうところだ。寺町は終夜営業するダンスクラブを一方的に悪者扱いするのは偏見に近いと思うのだが。


ふたりが練習をやめたのは、五時半をすぎていた。

パートナーの男の子は、練習着を着たまま、奥の控え室に入っていった。だれもいなくなったスタジオに小松杏奈は残り、タオルで顔の汗をぬぐうと、その場で着替えをはじめた。

身支度(みじたく)をすませた杏奈は、一階の入り口に下りてきた。手に携帯をにぎっていた。それをちらちら見ながら、駅の方角に向かって駆け出すかのように去っていった。

寺町は拠点をあとにして通りに出た。ちょうど、パートナーの男の子が入り口から姿を見せた。ドアの手前で、レースのカーディガンを羽織った三十前後の女がまちかまえていて、並んで歩き出した。母親だろうか。

寺町は自分が着ている服を見やった。これなら、怪しまれないだろう。

通行人にまぎれ込むように、寺町は駅方角へ歩き出したふたりの横から、母親と思われる女に声をかけた。

「息子さん、とてもお上手ですね。社交ダンス、見させていただきました」

とつぜん声をかけられたにもかかわらず、女はセミロングの黒髪をかきあげながら、ありがとうございます、と笑みを浮かべて答えた。メイクは薄く、鼻筋の通った端整な顔立ちだ。首元で光るプラチナのネックレスが似合っている。

「もう、ずいぶん練習なさっているんでしょうね？」

「二年と少しになりますけど」

良妻賢母の雰囲気を漂わせて女は言った。

「相手をしていた子どもさんもお上手でしたね」

そう言うと、あいだに挟まっている男の子が、興味深げに寺町の顔を見上げた。

「ぼく、ほんとに上手だよねえ」

寺町が男の子の顔を見ながら言うと、

「杏奈ちゃんだってうまいよ」

と男の子は自慢げに言った。

「コーちゃん」

母親がたしなめるように言った。

「彼女も上手ですね。親御さんも応援なさっているんでしょうね」

寺町の言葉に、母親はとまどった表情を見せた。

「……お母さん、もう少しご熱心だと助かるんですけど」

「あ、そうなんですか。わたしも子どもを習わせたいなと思っていて」

子どもがいるかのように寺町は話を合わせる。

「おやりになるなら、早いほうがいいですわね。男のお子さん？」

母親は気持ちを入れ替えるように言った。

「あ、はい」

「杏奈ちゃんのような子、なかなか見つからないと思いますよ」

「彼女も同じころからはじめたんですか？」

「少しあとに。最初はちがう子とペアを組んでいたんですけどね」

男の子が、じっと聞き入っているので、寺町は話題を切り替えることにした。

「やっぱり、うちの子にはむりかな。ヒップホップダンスでも習わせたほうがいいかもしれないですね。講師の植村さん、お上手だってうかがっていますけどご存じですか？　下北沢ラボにダンス講師で派遣されている方」

「知ってます。評判はいいみたいですよ。週に三度、教えてたと思います」

「このまえ、スピンズのバックダンサーしたって言ってたよ」

男の子が口を挟んだ。スピンズは有名なアイドルグループだ。

「さあ。コーちゃん行くよ。失礼します」

母親が軽く頭を下げたので、寺町も応じた。

「ありがとうございます。おひきとめして、ごめんなさいね」

寺町は去っていくふたりの背中を見つめた。角を曲がるとき、男の子がちらっと寺町をふりかえった。

けっきょく、肝心なことはひとつも聞き出せなかった。それでも、スタジオ内部のことは最低限知っておくべきだろう。石井さんにたのむしかないだろうか。

6

週明け、結城は単独で下北沢署の生活安全課を訪ねた。課内は人が出払って、がらんとしていた。課長席の前にあるパイプ椅子に腰をおろし、額の広い生安課長の宇佐見と向きあった。古川の逮捕からはじまった一連の捜査内容を話した。

「古川はメリーの使用を認めたのか？」

聞き終えた宇佐見が言った。

「認めません。まったく記憶がないの一点張りです。まんざら、嘘でもないようなので、取調官も手を焼いているんです」

「強いんだろうな、メリーは」

「それはもう。コカインの十数倍の効き目ですから」

「いま、末端でどれくらいしてる？」

「プレミアがついて、一パケット三万、下手（へた）をすると五万」

「それでも、客がつくのか？　くわばらくわばら」

「尿検査できちんと検査結果は出てますから言い逃れはできません。所持していた粉末も科捜研の調べでメリーとわかりましたから」

「それはなによりだ。あちこちでニュースになってるから、生特さんも張り切ってるじゃないか。クラブ摘発のMVの立件って、はじめてじゃない？」

「のようですね」

「お手柄だな」

　ほめるにしては、お茶一杯、出てこない。

「たしか、下北沢でもありましたよね？」

「あった。二月の恐ろしく寒い日だ。東北沢（ひがしきたざわ）の一軒家で包丁をこう、手にタオルでぐるぐる巻きにして、パンツ一丁で家の中で暴れまくってるんだよ。通報でかけつけて、大事（だいじ）には至らなかったけどさ。ヤクザが刃向（はむ）かってくるとか、わめいてるわけよ。幻覚だよ、幻覚、ぜんぶ。家財道具なんか、みんなひっくり返してさ」

「メリーで？」

「おそらくね。本人はパウダー状のものを三日前に吸ったとか言ってた。増田孝弘っていう元シャブ中だよ。けっきょく、なんの薬物かわからずじまいだったよ。パクるわけにはいかんしね。困ったもんだよ、まったく」

　脱法ドラッグは、お香などといつわって、ネットやハーブ店で売られている。液体状のものがリキッド。粉末状のものがパウダーという呼び方をされている。一個が五千円前後の値段だ。脱法ドラッグを吸引したドライバーが異常をきたして、交通事故を起こす事例も全国で多発しているのだ。

「メリーで騒ぎを起こしたのは増田だけですか？」

「いや、それらしいのがほかにもあったんだよ。パトカーが出たこともあったし。先月から今月にかけて、管内だけで三件だ」

「多いですね。それ、教えてもらえませんか？」

「いいですよ」

「それと、宇佐見課長。いま話した植村の件なんですけど、やつのクスリの入手先を特定したいんです。管内で脱法ハーブの販売店を把握していますか？」

「してるよ。たしか、四つあったと思うよ。任意で店に事情聴取に入るだろ。店長はあくまでお香として売っているし、国の基準をパスしてるから問題ないだろうと言い張るんだよ」

「未成年に酒やたばこを売るほうが悪いとか言われませんか？」

「それも常套句だな。メリーかなにかわからんけど、ついこないだも埼玉と福岡で脱法ハーブをやってたやつが死んだろ？」

「ありましたね」

　ひとりは、脱法ハーブを吸引してクルマを運転し、壁に激突して死亡。もう一件は、低酸素脳症に陥り肺炎を併発して亡くなった。

「メリーにかぎらず、脱法ハーブは恐ろしいものです。素人が手を出しやすいがゆえに」

「そうだよ。この前もハーブ店に都の薬事課と合同で、立ち入り検査をしたんだよ。百種類くらいあったよ。第五世代とかいうのも。あとで現物見せるから」

「第四世代ではなくて？」

「五までいってるみたいだよ。いま、薬事法の指定薬物は八十くらいだっけ？」

「もうじき、九十になりますよ」

「そんなに？　しかし、いつまでいたちごっこが続くのかねえ」

　薬事法で麻薬指定されている薬物は販売も使用も禁止されている。指定薬物になればなったで、少し成分を変えたものを合法ドラッグと称して販売するのだ。

「来年あたり、一括規制がはじまりますから、売り手側もいまが最後とばかり、必死で売り込んでいるんじゃないですか」

「だろうね。まあ、生特さんにがんばってもらうしかないよ。組対なんてあてにならねえから」

「そうですね。一括規制になれば、脱法ドラッグは消えてなくなると上は思っているふしがあります。それまでは、うちも組対も頬被り（ほおかぶ）りです」

そう言うと、宇佐見は身を乗り出し、

「結城さん、だめだよ、それ。自分で思うぶんにはいいけどさ。よそで口にしたらまずいぜ」

「失礼しました」

いや、それくらいは言わせてもらう。幹部に伝わろうが事実なのだから仕方がない。デザイナーズドラッグなどと、いかにも気どったネーミングの脱法ドラッグがはやり出したのは二十年ほど前のことだ。そのあと、サプリメント感覚で使えるとうたったＭＤＭＡ、そして自然食品めいたマジックマッシュルームなどまで登場した。すべて倫理観のかけらもない大人たちが金欲しさに作り出した代物（しろもの）だ。ひどい世の中になったものだとつくづく思う。それがいま、ネットの普及も手伝って爆発的な流行のきざしを見せている。取り締まるならいまをおいてない。

「とにかく、クスリ関係でなにか起きたら、すぐ連絡するから」

「是非（ぜひ）、お願いします」

頭を下げたところでふところの携帯がふるえた。

手にとると、植村勝也の行確をしている捜査員からだった。

結城は窓際に移動して、通話ボタンを押した。

「渋谷の道玄坂にいます。いま、植村がハーブ店に入りました」

結城は思わず手をにぎりしめた。

「そうか、入ったか」

そこが、入手先だろうか。

「たしか、二ヶ月前にオープンした店です。どうしましょうか？」

「やつが見えるか？」

「なんとか」

「買ったブツを特定したい。植村が帰ったら、客をよそおって聞き出せ」

「やってみます。植村は？」

「泳がせる。目を離すなよ。いつなんどき、客が現れるかわからん。自宅に帰り着いたら、ヤサのゴミを調べてくれ」

「了解しました」

＊

石井誠司警部補が乗る電車が下北沢駅に着いたのは、午後三時を回っていた。昼なお暗い駅北口の食品市場を通り抜けるとき、石井の鼻がピリッとしたスパイスの匂いをかぎつけた。そういえば、この裏手の商店街に、旨い鳥鍋を食べさせる店があることを思い出した。

うまいぐあいに駅前通りのその店が見つかり、焼き鳥丼を注文した。ホッピーは我慢して、水で口をしめらせながら、小松明美のアパート近くのワゴン車から遠張りをかけている寺町のことを思った。

昨日の朝になって、寺町から頼まれて、けっきょくのところ、まる一昼夜、ふたりして小松明美のアパートを張り込んだ。昨夜の明美の帰宅は午前一時すぎで、昼近くになってようやく起き出してきた。食べ物を仕入れるために、近くのコンビニまで出かけたが、そのあいだも尾行を続けた。

そのあげくに、結城からトヤマの内情に探りを入れてほしいと依頼され、ことわりきれずに昼飯にありつくひまもなく、こうして下北沢駅に舞い戻ってきた。

石井にも娘がいて、どうしても寺町には甘くなるのだ。ダンスのインストラクターとか業界紙の記者だと偽(いつわ)れば、いくらでも聞き込みができるのに、そのあたりは刑事としてまだまだだ。

拠点に戻ってから、トヤマの様子をしばらく見守った。腹の具合がおさまるころ、名刺を確認して、拠点からおりてトヤマのドアをくぐった。

受付はなく、玄関の土間のところで通りがかった練習生に警察官を名乗り、オーナーを呼んでもらった。

スタジオへ通じるドアが開いて、背筋のぴんと伸びた男が姿を見せた。顔のしわからして六十すぎだろう。髪が不自然に黒い。

石井は下北沢署の刑事と申し出て、名刺をわたした。警視庁本庁の住所と名前の横に階級が入っているだけのものだ。

「これはこれは。外山(とやま)と申しますが、きょうはまたなにか?」

オーナーがけげんそうな顔で訊いた。

「そうかしこまらなくてけっこうですよ。少し注意喚起に上がっただけですから」

練習生らしい五十がらみの男が挨拶(あいさつ)しながら入ってきた。

外山は軽く会釈(えしゃく)しながら、練習生が通りすぎるのを待ち、

「注意……さて」

と背を向け、スリッパを石井の前において、別室に案内しようとした。

「あ、外山さん、ここでけっこうですよ。すぐおいとましますから」

「そうですか」

「ほかでもないんですがね。悪徳商法のことでね、お知らせしたくて」

「悪徳商法ですか」

　すっかり信じ切ったような顔で訊いてくる。

「あちこちのダンススクールやジムなんかの名前をかたって、ご老人宅に電話を入れる手口が目立つようになりましてね」

「老人宅に？」

「ええ。事業拡張に当たって、会員権の購入を希望する人が多いとかうまいことを言いましてね」

「金を振り込ませるわけ？」

　石井は大げさに、

「そうなんですよ。こちらでも、ひょっとしたら被害に遭（あ）われていないかということで、回らせてもらっているんですよ」

「ああ、そうですか……幸い、いまのところうちは無事ですけどねえ」

「そうですか、ならけっこうなことです。最近はこの手の輩（やから）が多くてね」

「でしょう」

言いながら、石井は講師紹介のポスターや講座の知らせが貼られている壁に目を向けた。腕を組み、さも興味があるという恰好で、

「こちらは、ご家族で教えているわけですね」

社交ダンスやヒップホップ以外に、ラテンダンス教室もある。社交ダンスは外山夫妻と長男の三人が受け持っているようだ。

「ご興味あります？　これ、お持ちください」

外山はスタンドに挟まれているパンフレットを抜き取り、石井によこした。

レッスン代やスケジュールなど、トヤマのあらましが書かれている。すでに知っていることがほとんどだ。

「こちらも、チケット制になっているんですね」

「ええ、ひと月有効なのが十枚二万五千円。入会金は別ですよ」

そのとき、奥から勢いよく少年が飛び出してきた。

小松杏奈のパートナーの少年だ。

「お、航太くん」

外山が呼びかけても、少年はちらっと石井をふりかえっただけで、ものも言わず靴に履きかえると、開けっ放しのドアから外へ出ていった。

「あの子も社交ダンスをするんですか？」

「ええ、ああ見えて、うちでいちばん熱心な子ですよ」

「ほー」

石井はまた大げさに驚いたふうに演じた。

「つい、二週間前の都の大会で、優勝したばかりですよ」

「子どもでも大会があるの？」

「大人と同じですよ。いろいろ区分けして。ジュニアスタンダード部門で白石・小松ペアと言えば知らないものはないですね」

「そうなんだ。いやぁ、失敬しました」

「あの子ら、ふたりとも背が低いんですよ。競技会は何組も同時に踊るんですけどね。審査員の目が届きにくいでしょ。だから、一生懸命つま先や指先をぴしっと伸ばしてアピールしなきゃならないんですよ」

「感心だなあ。ご両親も鼻が高いねぇ」

「航太くんのところは熱心なんだけど、女の子のほうは」

そこまで言うと、外山が口をつぐんだ。

「あちこち行くから、お金もかかるんだろうねえ」

と石井は訊いた。

「そっちも大人顔負けですよ。だって衣装代からなにから、ぜんぶ自前ですからね。学校い。

「きついですねえ。レッスン代なんかは？」

「一コマ、三千円がうちのベース料金です。あの子らクラスになると、大人と同じ料金をいただかないとねえ。まあ、それなりに値引きはしてますけどね」

「じゃ、月うん万円？」

「いくいく、いきますよ」

ふと石井は疑問を感じた。そんな金を小松明美はどこから捻出（ねんしゅつ）しているのだろう。娘のダンスに興味もないようだし。

「ヒップホップ教室は昔からしてます？」

「そっちは去年からです。おかあさん方の要望が強くて、はじめたんですけどね。近ごろじゃ、そっちのほうがウエイトが高くなったなあ」

「学校の教科に取り入れられたからでしょ？」

「そうなんですよ」

「講師も三人いるわけか。この人なんか、すごいね。そうそうたる受賞歴で」

石井は植村勝也のプロフィールを指した。

「植村くんは売れっ子だから、あちこちかけ持ちです」

「そうなんですか。ヒップホップってよくわからないけど、この人なら、悪徳商法のことも知ってますかね？」

「ああ、だめだめ。かれはもう、ヒップホップひと筋だから」

「そうですか。すっかりお時間とらせました。わたしはこれで」

「あ、何か気づいたら連絡しますので、よければ、携帯の番号を教えてもらえませんか？」

「けっこうですよ」

石井は名刺に携帯の番号を書き込んで、挨拶し玄関を出た。

下北沢駅方向へ歩き出したとき、電柱のかげから、子どもが現れて石井の目の前で止まった。

じっと見上げられて、ようやく、小松杏奈のパートナーの男の子だと気づいた。

「航太くんか？」

白石航太はこくんとうなずいて、

「おじさん、警官？」

と訊いてきた。

「そうだよ、どうした？」

石井はしゃがんで航太と目の高さを合わせた。

「先生と植村さんのこと、話してたのが聞こえた」

「そうかい。そういえば、聞こえたかもしれないな。植村さんがどうかした？」

「あの人、ヒップホップがすげえ上手」

「知ってる。聞いたよ」

「そうなの……」

「航太くんもすごくダンスがうまいって聞いたけどな」

航太の顔がはなやいで、大きくうなずいた。

「練習してるよ」

「だろうね。どれくらい？」

「二時間か三時間。土日はもうちょっと長く」

「すごいな」

「来年の国別対抗に出るから」

「国別対抗？」

「パリで」

「フランスでやるの？」

「うん」

「じゃあ、パートナーの……なんて言ったっけ？」

「杏奈、小松杏奈」

「その子も行くの？」

航太は自信なげに、

「ぼくひとりじゃ踊れないし」

と小声で言った。

「そうか、がんばってくれよ」石井は航太の肩に手をおいて、立ち上がった。「じゃ、おじさんは帰るから」

背を向けると、航太が回り込んできた。

航太は細い眉(まゆ)をまっすぐに伸ばし、険(けん)のある目で石井をにらんだ。

「植村さんのことで」

「ちょっと、航太くん、こっち行こう」

石井は人通りをさけて、画材道具を売る店の軒先(のきさき)に航太を引き入れた。

膝(ひざ)を折り曲げ、航太の顔を見上げる感じで、

「それで、なに？」

と訊いてみた。

「杏奈のレッスン料、植村さんが払ってる」

石井は航太の口から出たことが、すぐにのみ込めなかった。

「植村さんて、ヒップホップの講師の人だよね？」

「さっき、言ったじゃん」

「ああ、ごめんごめん」

「それと靴も」

途中まで言いかけて、航太はやめた。

靴がどうしたのだろう。

「植村さんて杏奈ちゃんの親戚かなにか？」

「ちがうに決まってるだろ」

「あ、そう。レッスン料って」

それから先の言葉を石井はのみ込んだ。

レッスン料は高額なはずで、航太の前で持ち出すのは気が引けたのだ。

ふと石井はあることを思った。もしかしたら、この子は、植村の陰の部分を知っているのかもしれないと。その思いはすぐ反転した。子どもは脱法ドラッグなどに興味は持たないだろう。この子は、高額なレッスン料を払っていること自体に違和感を覚えて、教えてくれたのだ。

「あのな、航太くん。おじさんはいいけど、ほかの人にはそのことを言っちゃだめだよ」

航太は軽く唇をかみしめ、硬い表情で小さくうなずくと、きびすを返して走り去っていった。

7

小西とともに、結城が拠点に着いたのは、午後八時をすぎていた。

カーテンを細く開けて、寺町が対面のダンススタジオの様子を見ていた。

「もう植村は来ないぞ」

結城が声をかけると、壁によりかかり、目を閉じていた石井がふりかえった。

「あ、班長。お疲れ様」

小西が四人分の持ち帰り弁当を広げた。

「渋谷のハーブ店はどうだったんですか?」

寺町がカーテンを引いて訊いた。

「一組の連中に客をよそおって、調べさせた。それらしいものは見つからなかったが、百パーセント、メリーがないとは言い切れない」

「ガサかけないとだめか」

頭をなでながら、石井がのり弁当を手にとる。

「いまはまだできないよ、イッさん」

言って、まだ温かい日本茶のペットボトルをわたす。

「ですね」

植村に警察がマークしていることを教えるようなものだ。

「これ、下北沢署から借りてきた」

結城は言いながら、紙袋におさまった分厚いファイルをとり出して見せた。

下北沢署管内で起きたMV中毒と思われる事案とハーブ店に関する捜査報告書だ。

さっそく寺町が広げて見はじめた。

書類のほかに写真も多い。MV中毒で問題を起こしたと思われる人物の自宅やアパートの写真も、もれなく撮影されている。摘発したハーブ店から押収した脱法ハーブの写真は百枚近くある。

どれも異なるパッケージに入っているが、中身は似ている。大麻成分に近い合成カンナビノイドをしみ込ませて乾燥させた植物片が三グラム程度おさまっているのだ。

「下北沢署管内だけでMV中毒と思われる事案が四件。けっこうありますよね」寺町が言った。

「ほとんど下北沢駅のまわりですね。まんべんなくという感じ」

「ハーブ店は?」

石井が弁当を口に押し込みながら訊いた。

「いま見てきました。そこにあるのはもう、みな店をたたんでますね。逃げ足早いや」

小西が言いながら、寺町に、ごはん小盛りの紅さけ弁当を差し出す。

結城は自分のカツ丼弁当の封を切りながら、

「こっちはどうだった？」

と尋ねた。

石井がトヤマで聞き込んだ話を披露し、寺町が、小松明美の動向について語り出した。

「きょうはほとんど自宅でした。出たのは正午前にコンビニと午後はネイルサロンに。五時すぎ、電車に乗って来て、ソドムに入りました」

「ネイルサロン？　子どもをつれて？」

小西がジャンボエビフライをほおばりながら、冷ややかな感じで訊いた。

「子どもは学校ですから、彼女ひとりで」

「コンビニでなにを買ってるの？」

「菓子パンとかアイスとか」

「不健康な女だな」

「ほんとにそうです。子どもがいるのに」

「娘はきょう、練習に来たのか？」

結城はお茶で飯を流し込みながら訊いた。

「いえ、来ません」寺町は石井の顔を見て言った。「同じアパートでひとり住まいしているおばあちゃんから話を聞けました。いつも、彼女の住まいは鍵が開いていて不用心だと怒ってましたね」

「だらしない女だ」

「休みの日なんか、子どもをおいてきぼりにして、ひとりで遊びに行くみたいなんです。開いたままのドアから、ピザの宅配を入れさせるとか」

「夜もいないし、休みも子どもをほっぽらかし？」

「のようです」

「ブラックな母親だな」

「そう思います」

「遊び好きだが、あの女、食ってないな」

石井が言った。

小西が訊いた。

「クスリをやってない？」

「わたしも、そう思うんですよ」寺町が言った。「クスリをやればどこかしら、異常な行動を起こすはずですけど、そういう噂はぜんぜんないですし」

「まあ、顔見りゃわかる」

石井がつけたす。

「おふたりとも、甘いんじゃないですか?」

小西が反論した。

「そうでしょうか?」

「じゃあ、なに、植村からメリーを受けとっていないってこと?」

「受けとっているのはたしかでしょうけど。げんに、その場面は見たし」

「小西、受けとった本人がてめえでやらないこともあるだろうが」

石井がむっとした顔で言った。

「石井さんは植村の下で明美が小売りしていると? 植村はサバンナで売ってるんですよ。元締めなんかじゃないと思うけどな」

「いつ、そう確定した? 小西、きょう、やつはどこにいたんだ?」

石井はそう言って小西と結城の顔を交互に見やった。

「おれも途中から小西と合流しましたよ。吉祥寺のダンススクールで二時間、みっちり教えたあとは新宿にある芸能プロダクションでミュージカルのオーディションを受けました」

結城が答える。

「いまごろ、落っこちて、腹いせに新宿の大箱で踊り狂ってるだろうな」

と小西。

「そんなに早く結果がわかるんですか？」

寺町が訊く。

「ダンサーの、踊り狂わん、大箱や」

小西が下手な句を詠んだ。

「とにかく、まだすべて決めつけないほうがいいと思いますね。わたしには、小松明美がクスリをやっているようには見えない」

石井が言った。

寺町から、銀行捜査について訊かれたので、結城は、一組の連中にやってもらったと言い、植村勝也の口座は大手都市銀行にひとつだけあり、残高四十五万二千円だと補足した。

「不審な入金とかは？」

石井が訊いた。

MVの売買にあたっては、前もって口座振り込みの可能性があるからだ。

「小口の振り込みはまったくなし。どれも、ダンス教室か、催し物をしている法人からの入金。マンションの家賃も毎月、きちんと落とされている」

結城が答えた。

「いくらですか？」

「ワンルームで十二万」

「ダンス教室からの振り込みは？」

「月に二十万弱。催し物と合わせて収入は二十五万から三十万のあいだ」

「そんなんで、十二万のマンション入るかな？　通信記録はどうなんです？」

「メールも通話もひんぱんにしてますよ。飛び抜けて多いのがひとりいます。これ」

結城は言うと一覧表を見せた。

数行おきに小松明美の名前が出ている。通話時刻はだいたい、午後四時、もしくは午後六時前後だ。

「メールもしてますね」

どれも、通話の前後だ。通話時間はどれも二、三分程度。

「客じゃないな」

「ええ、客以上の関係ですね。明美は植村の下でクスリをさばいている線が強い」

「デリバリー役かもしれないですがね」

「明日からは植村の行確に重点をおきますよ。小松明美の行確は適宜、マチ子が単独で。いいな？」

「はい」

四人は残りの弁当をもくもくと平らげた。

「今晩は家に帰ろう。明日は朝イチでここに集合してくれ」

結城が自宅に帰り着いたのは十一時すぎだった。パジャマ姿で湯冷ましをちびちびふくみながら、妻の美和子がテレビを食い入るように見ていた。食事はすませてきたと言い、缶ビールを冷蔵庫からとり出して、一息に飲み干した。

「なに、見てる？」

ニュース番組のようだ。

「あなたの事件」

「おれの？」

「知らないの？　このあいだの記者会見から、テレビも、ずっとこの話題でもちきりよ。脱法ドラッグ売買の疑いで、渋谷のダンスクラブに抜き打ちで検査に入ったって。それで、ドラッグ中毒者を検挙したって。もう、鼻高々って感じ」

「聞いてないな」

と結城はしらばっくれた。好きにさせておけばいい。どうせ、内海の出世競争のダシにされているのだ。

「それだけじゃないの。有名な歌手とかが、ダンスクラブ摘発はんたーい、って運動をはじめたのよ」

「それなら、昔からあるけどな」

「でも、あなたが今回やったから、こんなに大事になってるんじゃない。すごいすごい。はじめて。あなたの事件がテレビに映るなんて」

湯冷ましを飲み干す美和子を見ていて、結城はだまり込んだ。

これまで一度として、結城は世間を瞠目させるような殺人事件や詐欺事件を担当したことがない。それがどうだろう。全国ニュースになるくらいだから、美和子が興奮するのもむりはないと思い返した。

「どう、長くなりそう？」

「なにが？」

「捜査のほう」

「どっちの？　風営法？　脱法ドラッグ？」

「どっちも」

どことなく、芸能界のゴシップを追いかけて興奮しているような感じに見えるが、よけいなことは言わないで、結城は、ワイシャツを脱ぎながら風呂場に向かった。

「あ、絵里が」

うしろで声がしたが、風呂場の引き戸を開けると、素っ裸でタオルを巻いただけの絵里が鏡に向かって化粧水をつけていた。

「ちょっと、お父さん」

絵里は結城を追い出し、戸を閉めた。

「早くしてくれよ、おい」

「はいはい」

「いつも、おまえ時間かかるんだから」

「わかってるって。きょうもクラブの取り締まり？　お疲れ様でした」

「なんだ、その言い方は」

ついむかっときて、戸を手で叩くと、中から、どんとはね返ってきた。

「午前零時で終わりなんてありえない。まだ宵の口よ、これから盛り上がるっていうときにお客さんを外に放り出したら、それこそ変な事件が起きるじゃない」

「それとこれとはちがうだろ。クラブが悪いって言ってるんじゃない。営業スタイルが法に触れるんだ。夜通し踊らなきゃクラブじゃないなんていうことこそおかしいんだ」

「そうじゃないでしょ。クスリを売ったり買ったりするからって、はなから思い込んでいるからよ。どうして、ダンスだけ目の敵にされなきゃいけないの？」

「善良な風俗環境と青少年の健全な育成に障害を及ぼすおそれがあるからだ……」

「カラオケはどうなのよ？　風営法で取り締まらないじゃない？　おかしいよ。ぜったい不公平」

「終夜営業だと、トラブルが起きやすくなるんだ」

「じゃあ、盆踊りならいいわけ？　ヒップホップやロックだって、学校で教えるくらいなのよ。もう警察って最低」

絵里の怒りはおさまる気配がなく、結城はあきれながら、風呂場を離れた。

8

翌日。

植村がマンションを出たのは午後二時半。よく晴れた日になった。下北沢南口商店街のマックで遅い昼食をすませてから、踏切をわたってトヤマに入った。三時すぎ、いつものように社交ダンスのグループレッスンがはじまるのを拠点から見守った。

石井がふところから携帯をとり出して、けげんそうな顔でモニターをのぞき込むと、通話ボタンを押して耳にあてた。

「そうだけど」

とつぶやいて、しばらく聞き入り、〃つぼくら〃と確認するように言うと、通話はあっけなく終わった。

「イッさん、どうかした？」

結城は訊いた。

「あの子からなんですけどね」

石井がスタジオを見ながら言った。

「白石航太？」

「オーナーからわたしの携帯番号を聞き出したんじゃないかと思います。中にいるようなんですが、なんだろうな。植村のことをね」

「植村がなにか？」

小西が横から口を出した。

「たったいまスタジオの廊下で、植村がね、〝つぼくら〟とかいう整体院の前にある駐車場に行くとかなんとか言うのを聞いたんだそうです」

「ガキがどうして整体院なんかを？」

小西が訊いた。

「知るか、そんなこと」

「出てきました」

寺町が制するように言うと、植村がトヤマの玄関ドアから姿を見せた。

「行くぞ」

結城は命令し、拠点をあとにした。

植村は小田急線の新宿行きに乗り、新宿駅で山手線の内回りに乗り換えて五反田でおりた。駅前にあるインポートセレクトショップに立ち寄り、ＶＩＰ風を吹かすように服をながめている。四時をまわった。

結城は若者が行き交う通りの反対側の、さらに五十メートル後方でその様子を見守っていた。前方にいる小西は、ジーンズに無地のシャツを着て、すっかり街に溶け込んでいる。石井に至っては姿さえ見えない。

結城は行確のためと思って着てきた、カーキ色のブルゾンが、このあたりの風景になじまないのを認めないわけにはいかなかった。

店を出てきた植村が駅に戻った。そのうしろにビジネスバッグを持った石井と小西が続いた。それから間をおいて、結城は歩き出した。

植村は東急池上線の蒲田行きに乗った。黒系統の少しくたびれた背広を着ている石井が、そのとなりの車両に乗り込むのを確認した。そのとき、イヤフォンに見せかけた無線が入感して石井の声が伝わってきた。

〈班長、そのブルゾン目立ちすぎる〉

言われて、あわてて脱ぎ、ふたつうしろの車両に乗り込んだ。

今度は小西の姿が見えなかった。

植村は四つめの旗の台駅でおりた。閑散とした南改札を抜ける植村の後ろ姿を見やった。それにしても、あの恰好はなんなのだろう。背中に背負っているリュックサックはほとんど空だ。頭からすっぽりと黒いパーカーのフードをかぶり、顔がほとんど隠れて見えない。まるで影が歩いているような感じだ。

改札を抜けると、いきなり狭い路地の住宅街だ。先の角を植村は左に曲がったので、結城は石井から遅れて、駆け出した。

通りに出た。ぽつんぽつんと店がある閑散とした通りだ。

コンビニに植村が入っていった。

クリーニング店の軒先から現れた石井が、コンビニのわきに張りついて、中をのぞき込む。

〈金を下ろしてます〉

石井の声が入感する。

三分ほどして植村が出てきた。

石井の姿は見えない。

〈班長、離れてついて〉

ふりかえると声の主の小西が結城を抜き去り、歩き出した植村に張りついた。

「了解」

結城は言われたとおり距離をおいて、植村のあとについた。

小学校の横から上り坂になった。しばらくして、左に曲がった。今度はゆるやかな下りだ。一軒家が続く住宅街になった。

坂の終わりまで来ると、急に風景がみすぼらしくなった。古びた家並みばかりが目につく。その中ほどにある路地に植村の姿が消えた。小西は平然とそこを通りすぎていく。結城はあわてて駆け出した。

消えた場所をのぞき込むと、細いウナギの寝床のような路地だった。左右に間口の狭い長屋がびっしりと連（つら）なっている。洗濯機が外置きだ。それをよけるように、植村が歩いていく。長屋を通り抜けて植村が左に曲がった。しばらくして、小西がその角を横切っていくのが見えた。

結城はいそいで路地に入った。人っ子ひとりいない。植木や自転車をよけながら走った。路地を抜けた角に小西がいて結城を制した。

「あの家に入りました」

小西が指したのは角から三軒目の二階建ての民家だ。塀（へい）にかこわれた内側に庭木が植えられ、一階部分が見えない。新築のプレハブ住宅のような感じだ。

「玄関からか?」

小西がうなずく。

石井がやってきて、しわくちゃになった紙切れを見せた。植村が捨てたATMの利用明細表だ。

「植村が下ろしたやつですよ」

石井が低い声で言う。

埼玉の都市銀行のもので、植村名義の口座ではない。

「ほんとうにやつのもの？」

「まちがいないです。それです。他に近い時間のものはありませんでした」

取扱料金は二十万円。残金は一六八万弱ほど。

「飛ばし口座かな」

石井が洩らした。

振り込め詐欺などで使われる他人名義の口座だ。

「石井さん、なんだろ、あれ」

小西が通りの反対側から塀の先を見ている。

結城もそこから見た。

玄関の門柱の内側だ。白っぽい機械が見える。

「自販機じゃないかな」

石井が言うと小西が、

「たばこの自販機ですかね。でも、どうして家の中に……」

と言いかけてやめた。

ちょうど、向こうからミニバンが走ってきて、家の前で停まった。運転していた若い男が家の門から中に入って機械と向き合った。財布をとり出して、なにかを買っている様子だ。門から出てきた男の手に、小さな箱のようなものがにぎられていた。

男がクルマに乗ると、結城らはものかげに隠れた。ミニバンは結城らのいる前を走り去っていった。

結城の携帯がふるえた。寺町からだった。

「いま、明美は自宅を出ました」

「こっちは旗の台だ」

「旗の台？　知り合いかなにかの家ですか？」

「わからん。でも、妙な家だ」

「あ、明美が来ますので電話切ります」

ぷつんと電話が切れた。

植村勝也がその家の玄関先に姿を見せたのは午後五時だった。

こちらに向かってきたので、結城らはミニバンが去ったのと同じ方角へ歩き出した。

植村はまたあの路地を通って、駅方向へ歩き去っていった。

「リュックサック、見ましたか？」

石井が訊いた。

「見た。たっぷりふくれていた」

結城が答える。

「ここに来る前、やつはコンビニで金を下ろした。植村はあの家でなにか、買ったんですよ」

「なにを？」

「ひょっとしたら、ひょっとするかもしれないですよ」

――クスリか？

結城は、小西にここに残りその家を張り込むように命じて、石井とともに植村の尾行を再開した。


夕方のラッシュ時になり、植村が乗る電車は、人でふくれて、その姿を視認するのもままならなかった。尾行に勘づかれる恐れは減ったものの、それまでより、近づかなければならなかった。

植村が下北沢駅に着いたのは、午後六時。乗客とともに、すし詰め状態のまま、恐ろしく狭い駅北口から吐き出されるように、結城は駅前に降り立った。徒歩と自転車に乗る若者でごった返している。植村の姿が見えなかった。石井の姿も消えていた。

ここまで来たら、自宅に帰るか、トヤマによるかのどちらかだろう。石井の携帯に電話を入れてみたが、出なかった。

トヤマの方角へ足を踏み出したとき、若者らのあいだに、黒ずくめの植村の姿が垣間見えた。薬局の横手から、下北沢駅前食品市場に入っていく。

結城も人をかきわけるように、そのあとを追いかけた。

市場の中は薄暗かった。乾物屋のわきを歩いて中に進んだ。ここも人だらけだ。植村の姿は見えなかった。あせることはないと思った。ここはほとんど一本道なのだ。前に進むかうしろに来るかのどちらかだ。

石井から携帯に電話が入った。自分のいる場所を告げると、石井は先回りして、市場の外で張り込みますと答えた。

薄い板塀の向こうを電車が通って、轟音とともに塀がゆれた。もつ煮込みの露店を通りすぎる。奥に行くにしたがい、薄暗くなっていく。衣料品店の続く一画を通り抜ける。植村の姿は見えない。

市場から出るとまた人だらけだ。踏切の手前で、石井と寺町が立って、市場の出口を見ていた。結城はそこまで走った。

「植村は？」

「いま、ここを通って向こうへ」

石井が声を荒らげて線路をわたった先を指した。植村の自宅方向だ。

「明美は見ませんでしたか？」

寺町が声を張り上げた。

「どこで？」

「この近くで」

「見てない。どうして？」

「電車を降りたところで、見失っちゃって」

「この駅でか？」

「はい」

明美は通勤で新代田駅から下北沢駅まで乗るのだ。

「ソドムのほうへ行ったんじゃないのか？」

「そっちの方角に行ってみたんですけど、いなくて。もしかしたら、こっちかなと思って」

「食品市場の中？」

「それはわかりませんが」

「市場では見なかったぞ」

踏切の警報音がやかましく鳴り出した。結城は線路の先を見やった。植村の姿はもう見えない。

「班長、植村のリュックサック見ましたか?」

石井が訊いた。

「リュックがなにか?」

「空になってたんですよ。電車の中ではぱんぱんにふくらんでたのに」

そうだ。ふくらんでいた。下北沢駅の北口を出たときもふくらんでいたのだ。

「まさか……」

結城はそれから先の言葉をのみ込んだ。

植村は明美とこの近くで出会い、なにかを手わたした?

「イッさん、ひょっとして、やつは明美にクスリをわたしたか?」

石井は眉間に深いしわをよせて、

「あの女、たぶん、運び屋……」

電車が走ってきて、それから先の石井の言葉を打ち消した。

「市場へ戻ろう」

結城はふたりを連れて食品市場の中に戻り、駅の北口まで歩いた。

小松明美の姿はなかった。

「ソドムに行きますか？」

人ごみの中で石井が言った。

「明美がいたとしてもなにもできないですよ」

結城は携帯に見入っている寺町に近づいた。

「マチ子、なにしてる？」

「〝つぼくら〟です」

「……ダンスの男の子が昼間言った、あれか？」

「はい、気になっていて」

「そこに植村が行ったと本気で思ってるのか？」

「わかりませんけど」

結城はモニターに映る地図を見た。

下北沢西口商店街の西側。新代田方面だ。環状七号線の手前にある整体院が表示されている。その前にある空き地が駐車場だろうか。

やりとりを聞いていた石井が口を開いた。

「班長、そこに行ってみますか？」

歩いて五分とかからないだろう。

「そうしてみますか。マチ子、先に行く。クルマをたのむ」

「わかりました。すぐに」


その駐車場は、寺町が言った整体院と道路を挟んで向かいにあった。奥に深い縦長のコインパーキングだ。駐車スペースにフラップ板がせり上がってロックする方式で、駐車できる数は十台。入り口にパーキングメーターが設置された、ありふれた駐車場だ。駐車場の左右は五階建てクラスの中規模マンション、奥は三階建ての個人住宅。まわりは低いコンクリートブロックで囲われている。すっかり暗くなったあたりに、二十四時間対応のスタンドが光を投げかけていた。

いまは、入り口近くにコンビニチェーン店の三トントラックと軽自動車が停まっているだけだ。奥の塀ぎわに、同じコンビニチェーンの業務用コンテナが積まれている。

「白石航太って、植村の行動に特別な関心があるんですよね？」

結城は口を開いた。

「小松杏奈のレッスン料を植村が払っているとかでね。そのことをわざわざ教えてくれたんですけどね」

石井が答えた。

「どうして、そんな告げ口をイッさんにしたのかな?」

「パートナーの子が気になるんでしょうけど」

結城は石井の顔をのぞき込んだ。

「ひょっとして、イッさん、わたしと同じことを考えてる?」

「母親がクスリを売る見返りに、植村は娘のレッスン代を肩代わりしていると?」

結城はうなずいた。「ほかにないでしょうね。でも、どうして……」

寺町が運転するセダンがやってきたので、整体院の横にある空き地に頭から突っ込んで停めさせた。

石井とともに後部座席に乗り、向かいのコインパーキングをふりかえった。

軽自動車の持ち主がやってきたのは、張り込みをはじめて三十分ほどたったときだ。六十すぎくらいの初老の男が精算して去っていった。

携帯がふるえて、小西からメールが入った。

〈あの家の自販機で買いました〉

添付されている写真を開いた。

ANDORAと印刷されたパッケージから、たばこ状のものが一本、飛び出ている。

見ていると携帯がふるえて、小西からの着信があった。

「ご覧になりましたか?」

小西は言った。

「見た。ジョイントだな？」

紙巻き済みのハーブのことだ。

「ばりばりに効くと思いますよ。ジョイントだけで十種類。だいたい、五百円ですね。ペーパーが二百五十円。グラム売りしてるのもあって、そいつは三千円。この二時間で四人、客が買いに来ました」

「〝業者〟だな」

「まちがいないですね」

あの一軒家は店舗であり、ネットでも売っているはずだ。

「植村は上得意以上だと思いますよ」

「メリーを卸してるかもしれんな」

「たぶん。やつのリュックサックを調べれば、ごっそり出てくるはずです。やりますか？」

「いや、できない」

結城は下北沢で植村が明美と落ち合って、リュックサックの中身を明美にわたしたと思われることを話した。

「やっぱり、明美は運び屋か」

「そう思う。小西、もういいぞ、帰れ。明日、その家を摘発する段取りを考えよう」

結城が携帯を切ったとき、石井に肩をつつかれた。

コインパーキングに白いHV車が入っていって、いちばん奥に停まった。

駐車スペースに入らず、塀に向かったまま、運転席のドアが開いた。カーゴパンツを穿いたセミロングヘアの女が出てきた。細身だ。黒いタートルネックセーターの首元にシルクのスカーフを巻いている。四十前後だろうか。

女は道路に出てこないで、塀に向かって歩き出した。なにをする気だろうか。

「マチ子、カメラ」

石井が言うと寺町があわただしくカメラを石井にわたした。

女はコンテナの積まれた前にしゃがみ込んだ。なにかをしている。背中が邪魔になって、行為自体がわからない。

十数秒ほどで女は立ち上がると、クルマにもどった。箱のようなものを持っている。石井がその姿を連写する音が響いた。

女はクルマに乗ると、バックして入り口まで戻り、そこで切り返して走り去っていった。

「ナンバー控えました」

寺町が言うのを聞きながら、結城はクルマを降り、狐につままれたような面持ちで駐車場に走り込んだ。壁際に三段積みされたコンテナボックスがある。格子(こうし)でできた中身が見えるタイプだ。中身は空のようだ。

女がしゃがみ込んだのと同じ位置でかがんだ。ひまわりのシールが貼られてある格子のその部分だけ、手を入れられるくらいの穴が開いている。

結城は女がここでしたことを想像した。この中になにか入っていて、それを持ち帰ったのではないか。しかし、なにが入っていたのだろう。ひょっとしたら……。

9

翌日。

結城は内海に呼ばれて、生特隊本部に立ちよった。

副隊長室に入ると、内海はふきげんそうな顔で、結城をふりかえった。

「いつまで、売人の尻を追いかけている？　まだ、捕まえられんのか？」

「仕入れ先を特定できそうなんです。それに、運び屋もいる可能性が出てきましたし」

「雑魚(ざこ)にかまうな。さっさと、植村とかいうのをひっぱってこい。やつの写真を発表して、うちが脱法ドラッグ壊滅作戦を粛々(しゅくしゅく)と断行中だと大々的に報道させるんだ」

「お言葉ですが、それをやるにはまだかなりの証拠固めがいります」

「証拠もへったくれもあるか。これを見ろ」

内海は大手新聞の社会面を広げて結城に見せた。

〈脱法ドラッグ摘発のかげにダンスクラブへ圧力〉

結城は記事に目を通した。風営法の運営をめぐり、警察が反抗的なダンスクラブに対して、脱法ドラッグの摘発を口実にした事実上の締め付けを行っているという内容だ。当たっていないこともない。しかし、結城にはダンスクラブの摘発などより、目の前にある脱法ドラッグ事案の全面的解決がなにより優先する。

結城は新聞をおき、内海の顔をにらみつけた。

「われわれの使命は、法を無視し社会を混乱させる源を取り除くことです。そのために、全力を注いでいます。ほかのことで、とやかく言われる筋合いはありません」

「きさま、警察がどう見られようとかまわないというのか？」

「いわれのない批判記事には毅然と対峙することこそ警察の使命だと思います。部下が待っています。失礼します」

まだ、こめかみを震わせている内海を残して、結城は副隊長室を出た。

下北沢まで急いだ。

拠点には小西と寺町がいた。

「イッさんは？」

「まだ、来ません」

小西が言った。

「旗の台の家はどうだ。なにか、出てきたか？」

結城が訊くと、小西は勢い込んだ調子で口を開いた。

「赤平延明（あかひらのぶあき）という四十八歳の男が単身で住んでます。巡回連絡票には生命保険会社代行業となっています。若いころ、シャブで二度パクられてます」

「そっち方面の玄人（くろうと）だな」

「ネットでも売ってます。これです」

小西はモバイルパソコンの画面を結城に見せた。

ハーブストリートという店名が浮かび、その下に法令遵守、即日配達のゴシック文字がフラッシュしていた。脱法ハーブを売るホームページだ。

スクロールさせてみると、色とりどりの脱法ハーブのラベルが延々と続く。最低でも四千円から。まとめ買いだと三パック一万円から一万五千円。都内デリバリー応談、秘密厳守をうたっている。

「メーカー正規代理店って、どこのメーカーだ？」

「どうですかね。原材料は中国から仕入れて、てめえのところで適当に混ぜてるだけですから」

「たぶん、あるな？」

「メリー？」

結城がうなずくと、小西は首を縦にふり、句を詠んだ。

「街中に、毒蛇のごとく、住むクスリ」

寺町が印刷したばかりのカラー写真を見せた。豪壮な三階建ての一軒家が写っている。その軒先で、花に水をやっている女の顔がアップで微笑んでいる。

「昨夜、駐車場に来た女です。けさ、撮ってきました。三原和代、四十三歳。小田急の世田谷代田駅の北にある住宅街に住んでいます。夫はＬＥＤ照明をあつかう二部上場企業の執行役員です」

結城と小西が聞き込みに出向いた小学校と近い。

「メリーが買えそうだな」

「キロ単位で」

「買い付けたとしたら、植村からですよ。どこで知り合ったんだろうな」

「住まいが近いですし、ネットもありますから。それにこの手の情報は口コミでそれを必要としている人たちのあいだでは、すぐ広まると思います」

「一度、任意で訪ねるのもおもしろいな」

「それはもう」

　相手はどんな顔をするだろう。

「小西、そろそろ植村が起きる時間になるぞ」

　小西は腕時計を見やった。正午を回っている。

「わたしも行かないと」

　寺町も外に出る準備をはじめた。

　きょうも夜遅くまで、ふたりにはぴったりと張りつかなくてはならない。

　浦和に出向いていた石井が帰ってきたのは、午後二時を回っていた。

「銀行のほう、けっこう手間どってね」

　と石井が見せたのは、浦和に本店がある銀行の、オオタツヨシという人物の口座の出入記録だ。

「昨日、植村が引き出した二十万もある」

　結城が言った。

「もちろん」

「ほかは入金だらけじゃないですか。三万から十万……」

　どれも、ATMからの入金だ。ほぼ、一日おきである。金額の横には、電話番号が印刷されているだけで、入金者の名前はわからない。

「この連中、植村のお得意でしょうね」

「そういうことでしょう。植村は電話かメールで注文をとって、口座に金を振り込ませる。電話番号は偽物かもしれないが、その番号を使う人物をあらかじめ知っていれば、入金されたことがわかる」

「それから、おもむろに植村は小松明美に連絡を入れて、クスリを持って、どこそこに行けという指示を出す……そういう筋書きですね」

「そういうことなんですけどね」

浮かない顔で石井は言うと、窓からトヤマをのぞき込んだ。

ダンスの練習は行われていない。

「イッさん、どうかした?」

「ここに上がる前、ちょっと向こうに行ってきました」

「トヤマに?」

「白石航太のことで、オーナーと会って少し話をしてきました。ほら、昨日、航太はあのスタジオからわたしの携帯に電話をかけてきたじゃないですか」

「あったね。三時ごろ」

それで、〝つぼくら〟に出向いたのだ。

「でも昨日、航太はスタジオに来ていないんですよ」

結城は石井の顔をまじまじと見た。

「あのとき、航太はスタジオにいて、植村が携帯で〝つぼくら〟のことを話しているのを聞いたと言ったんじゃなかったんですか？」

「言いましたね。あれは嘘だな」

「つぼくらの前にある駐車場には、それらしい人間が来たじゃありませんか」

「そうなんですけどね。でも、航太は来ていないんです」

「じゃあ、どうしてそんなことを伝えてきたんですか？」

「そこがわからなくて」

そのとき、結城の携帯がふるえた。モニターに下北沢署の電話番号が映っている。通話ボタンを押すと、生安課長の宇佐見のだみ声が響いた。

「代沢(だいざわ)の五差路(ごさろ)だ。裸の男がど真ん中でひっくり返ってる」

「裸の男がなんですって……」

「いいから、すぐ行け。サイレンの鳴る方向だ」

それだけで電話は切れた。

「なにかあったみたいだ」

「代沢の五差路で？」

何事が起きたのかという顔で石井が言った。

小田急線側から走り込んできた結城の乗るクルマは、代沢郵便局の手前で待機していたパトカーに行く手をはばまれた。まだ、この先、かなりあるはずなのだ。

代沢五差路は、下北沢駅南口から南へ五百メートルほど行ったところにある。住宅が密集する地域の中にあって、最大の交差点だ。

クルマを乗り捨て、結城は石井とともに野次馬で混み出した車道を駆けた。五差路に近づくにつれて、異様な静けさが漂いはじめた。そのときだった。

「てめえ、殺すぞ、こらぁ」

甲高い奇声が伝わってきた。

五十メートルほど走り切ると、幅広の変則的な交差点に出た。五方向から流入してくる道路はパトカーで封鎖されている。西側のコンビニとその向かいにある八百屋のあいだの通りだ。

上半身裸のやせた男が棒のようなものをふりまわしながら、まわりをとりかこむ制服警官に向かって、わめき声を放っていた。さすまたや警棒などを手に、警官らがじりじりと間合いをつめていく。男が斜めに棒をふりおろしたとき、バランスを失って足下が乱れた。その瞬間、警官たちが男におおいかぶさるように殺到した。

「こら！」

　警官の張り上げる声が響きわたる。

　しばらくして、警官の人垣がくずれ、狩ったイノシシを吊るような恰好で、裸の男が警官らにかかえられて、救急車の停まっているほうへ進み出した。男のあばら骨は浮き出て、腹のあたりが異様にへこんでいる。

「やめろっちゅうーの」

　とひとわたり、男の叫ぶ高い声が響いた。

　五、六人がかりで救急車の中に男が押し込まれると、ようやく静けさが戻ってきた。救急車がサイレンを鳴らして南方向へ走り去っていく。

　結城は異様な熱気が冷めやらない交差点を突っ切った。制服警官の群れの中にいる宇佐見を見つけて駆けよった。

　宇佐見の顔は、緊張感がみなぎっていた。

「いまの男、どうしたんですか？」

「裸で通りにいきなり出てきたらしい。あっという間に渋滞になって、そのうちの一台のボンネットに乗って、猿みたいにギャーギャーわめいた」

「シャブ中？」

「うちの署員が知ってるやつだ。脱法ドラッグで、ここ三ヶ月くらい、たびたび騒ぎを起こしている。若林という野郎だ。この近くのアパートに住んでる」

ここでも、脱法ドラッグ？　それにしても、狭いエリアで多すぎないか？

「アパートから飛び出してきたんですか？」

「たぶん、そうだ」

「どこですか？　教えてください」

宇佐見は近くにいた署員を呼びつけて、若林の住所をたしかめた。

結城はそれを聞き取り、その場を離れた。


五差路から北へ二百メートルほど行った通りの右手だ。もう少し先に行けば、下北沢南口商店街のアーケードがある。そこに道をふさぐように、パトカーが停まっていた。その先はゆるやかな上り坂になっていて、古い日本家屋が密集している。そのあたりにも、パトカーが停車していた。

人が集まり出していた。結城は駆け足で坂を上った。

パトカーの左側に緑色の板塀と白い出窓のついた二階建てのアパートが建っていた。らせん形の階段を、ふたりの警官が上ったり下りたりしている。

結城は警察手帳をかざしながら、階段に足をかけて、

「若林の家か？」

と二階の廊下にいるひとりに声をかけた。

「そうです」

若い地域課の警官がおどおどした声で答えた。

結城は階段を一足飛びに上った。

「どこだ」

結城は言いながら、警官を追い抜いた。

「あ、そこです」

四戸あるうちのいちばん奥だ。

表札になにも書かれていない。

ドアノブを回すと開いた。

中はひどい有様だった。ゴミやら衣類やら雑誌やらが、床にぶちまけられている。ここで若林は暴れていたのだ。そして、外に出ていった……。

遅れてやってきた石井が結城の肩越しに中をのぞき込んだ。

「こりゃ、ヤクチュウの部屋だ」

勝手に中に上がり込むのは許されない。ドアを閉めて、さきほどの警官を呼んだ。

「若林を知ってるか？」

「はい、さんざんなやつです」

「さんざんとはどういうことだ？」

「人前で堂々とクスリをやってはばかりません。このアパートの住民には恐くて逃げ出した人もいるくらいです」

「何度出動した？」

「数え切れないです。自分が担当のときも、五、六回は来てます」

「そのたび、さっきのような調子で暴れるのか？」

「いえ、あんなには。きょうはたぶん、かなりやったんだと思います」

「なんのクスリだ？」

石井が横から訊いた。

「ハーブ系とかいろいろです。シャブはやらなかったので、こちらとしても、手が付けられませんでした」

「メリーは？」

警官はけげんそうな顔で結城を見つめた。

「MVだ。MV」

「あっ、それはわかりません」

「班長」

ドアノブのあたりを見ていた石井に声をかけられた。

「なにか？」

言いながら結城もそこを見た。

ノブのすぐ下に、花柄のシールが貼り付けられている。黄色い円のまわりをオレンジの花びらがかこんでいる。その下に、チョビ髭(ひげ)のような茎(くき)。ひまわりの絵柄だ。

「昨夜のコンテナにあったのじゃないですか？」

あった。これと似たひまわりのシールが貼られていたはずだ。

「ほかの三戸にはありません。ついてるのはここだけですね」

石井は言うと、慣れない手つきで携帯のカメラレンズをそこに合わせて、花を撮影した。

10

翌日。

石井は電信柱のかげから、小学校の通用門をさりげなく見ていた。午後三時四十分。

授業が終わって、家路につく子どもたちが増えてきた。ここは、小田急線世田谷代田駅の北にある区立小学校だ。下北沢駅で交差する京王井の頭線の新代田駅は、この駅の真北にある。どちらの駅も、一駅となりは下北沢駅だ。この三つの駅は半径五百メートルの円の中にすっぽり入ってしまう。駅名も似ていて、狭いエリアにあるのだ。

三々五々飛び出してくる子どもの中に、高価そうなセットアップスーツを着た男の子を見つけた。男の子はひとりだけ、東に向かって歩き出した。下北沢駅の方向だ。

石井は男の子のあとをついていく。ランドセルをゆらしながら、急ぎ足で小田急線の線路と並行する道を進んでいる。

石井は生活安全部の飯を長いこと食い、非行少年を受け持った時期が長かった。子どもの尾行はこれがはじめてではない。それでも、小学校五年生に対して行うのははじめてだった。

遊びたい盛りなのに、友だちとまじわることもなく、たったひとりで歩いていく白石航太の背中は、緊張感すら帯(お)びているように思われた。はじめて声をかけられたときの顔がよみがえってくる。なにかを必死で訴えるような、切実そうな表情。あの表情の理由はどこにあるのか。

航太は嘘までついて、植村の行動を知らせてきた。あのとき、航太はどこにいたのか。

航太は民家のあいだの路地を迷う様子もなく歩き、小田急線の歩行者用高架橋のところをまっすぐ東に向かった。道が狭くなった。民家の軒先にある生け垣が見上げるほど高くなり、森のようにうっそうとしてきた。航太が通うダンススタジオのある方角にちがいないが、きょうは、航太のレッスンがない日だ。

航太は木々の少ない新興住宅地に入った。マンションの建築工事現場を回り込んで、北に足を向けた。スタジオとはちがう方角だ。

ふいに航太は道からはずれた。民家の駐車スペースに停められた2ボックスタイプのクルマのうしろに隠れて、前方をうかがう。

石井の位置からでは、航太がなにを見ているのかわからない。

航太はぱっと飛び出した。

ゆるい坂を行った先はYの字に道が分かれている。航太は身を潜ませるような感じで、そこに向かって民家の塀に沿って歩き出した。航太は分岐を左に曲がった。

石井もつられて駆け出した。

Yの字になったつきあたりは、白い擁壁にかこまれて、その上にレンガ模様のしゃれた三階建てのアパートが建っている。英国風スタイルとでもいえばいいか。

角まで達すると、石井は航太の様子をうかがった。

航太は郵便ポストのうしろに潜んで前を見ていた。そこに、オレンジ色のフリースを着た女の子の背中があった。ストレッチパンツを穿き、ピンクのリュックサックを背負っている。

……小松杏奈？

待ち合わせをしている？

航太はポストのかげから出ようとしない。さきほど、航太が民家の軒先に隠れたのは、分岐を通りかかった杏奈から隠れるためだったか？

女の子は英国風アパートの黒いしゃれた門扉(もんぴ)を開けた。ベージュ色の階段を上っていくとき、はっきりと横顔が見えた。杏奈だ。

航太はただ、うずくまって、それを見守っている。

杏奈の姿は、アパートの正面側に入って見えなくなった。

石井は、そこを動かない航太とアパートの両方を視界においた。

このアパートは杏奈の住まいではない。彼女が住むアパートは、ここから北西に三百メートルほど行った新代田駅近くにある。友だちの家なのか？ なぜ、航太は声もかけないで、とどまっているのか。

リュックサックをまとった杏奈は下校途中ではないと思われた。いったん、家に帰って、リュックサックを背負い、ここに来たのだと思われた。

杏奈は航太とはちがう小学校に通っている。新代田駅の北にある小学校だ。

航太の横顔を観察した。おびえと困惑の感情だろうか。それに近いものが交互に浮き出ては消えている。

しばらくして、杏奈の姿が見えた。階段を下りて、門から出る。リュックを背負ったまま、こちらには戻ってこないで、背を向けたまま歩き去っていこうとしている。自宅のある方角だ。

その姿が坂の上に消えかかったとき、航太がポストのかげから飛び出した。

航太は一目散に英国風アパートの門扉を開け、中に入っていった。杏奈と同じように姿が見えなくなり、しばらくして、また、同じところに現れた。門から出ると、駆け足で石井のいるほうへ下りてきた。

石井はあわてて、あたりを見やった。右手にシートをかぶせたクルマが停まっている。そのかげに飛び込むように入った。

航太の駆けていく足音がすぐ横から聞こえた。

ゆっくりそこから出て、航太の後ろ姿を見やった。

航太は右手になにかをにぎりしめている。

アパートに入る前はなかったはずだ。あれはなんだろう。

航太は住宅街をまっすぐ駆け下りて、突き当たりの角を左に曲がった。石井もそこまで急いだ。

航太はそこからはじまるゆるやかな上り坂を走って上っていく。なにをそう急ぐのだろう。なにかに憑かれているようだ。

離れるわけにはいかず、石井は早足でそのうしろについた。

航太は二百メートルほど一気に走り切った。

石井も遅れてそこに達した。下北沢駅につながる商店街が目の前にあった。

航太は中ほどにあるコンビニに向かってダッシュした。その前に着くと、手にしていたものをゴミ箱に放り込んだ。そうして、ふりかえることもなく、下北沢駅に向かって、また駆け出していった。

石井は大きく息を吐いてコンビニまで歩いた。

航太が捨てたゴミ箱の中をのぞき込んだ。そこにあったものをとり出して、もう一度、通りの先を見やった。航太の姿はもう見えなくなっていた。

11

三日後。

結城はカーテンのかげから、スタジオ・トヤマを見ていた。午後四時。二階では社交ダンスのグループレッスンがたけなわだ。一階では、子ども向けのヒップホップダンス教室がはじまり、植村の姿がちらちらとのぞいている。

階段を上がってくる物音がしてふすまが開いた。

小西と寺町に挟まれるように、小柄で胸元が豊かな女が入ってきた。

はじめて間近で見る小松明美の顔は、小作りでまんなかにある目が大きく見えた。整形手術でも受けたような感じだ。

　明美は困惑した表情で、部屋にいる結城と石井を交互に見やった。

「……警察がなんの用ですか？」

　悪びれたふうもなく、明美は役所の窓口で苦情を申し立てるような口ぶりで言った。

　だまって見ていると、

「保健師さんから話が行ったのね」

　とひとりごちるようにつぶやいた。

「どうして保健師なの？」

　結城が声をかけた。

「え、だって」

　長い黒髪を手ですきながら、明美は答える。

「保健所は関係ないですよ」

　石井が口を挟む。

　結城はなにげなく窓をふりかえり、

「きょうは、練習日？」

　と訊いてみた。

「練習？」

明美は首を伸ばすように、通りの向こうにあるスタジオを見やった。

「娘さんのダンス教室ですよ。おかあさん、見たことある？」

石井が皮肉っぽい口調で言うと、明美は、

「杏奈がどうかしたの？」

と苛立った声で言った。

「もうじき来るから、だまって見てなさい」

結城がぴしゃりと言うと、明美は目をむいて見返した。

「あなたたち、どこの何者？　いきなり警察のバッジかなんか見せて、ついてこいって、なんなの？」

結城は警察手帳を見せ、所属を口にした。

「生活安全特捜隊？」

理解に苦しむ感じで明美が言った。

「明美さん」と寺町が声をかけた。「杏奈ちゃん、ダンスが上手ですね」

明美はいきなり話題が変わって、とまどった様子だった。

まだ、ここに連れてこられた意味がわかっていないようだ。

「はじめたのはいつですか？」

寺町が続けて訊いた。

「えっと、二年くらい前」

明美がぶっきらぼうに答える。

「きっかけは？」

「知らない」

「通りかかって、ダンスをするのを見ていて、自分もやりたいなと思ったみたいですよ」

寺町の言ったことを聞き流すように、明美は顔をそむけた。

結城の顔を見て、寺町が小さくうなずいた。

「きょう来てもらったのはほかでもない。娘さんのことでね」

結城は切り出した。

「だからなにかした？　杏奈？」

「かんちがいしないでくださいよ。杏奈ちゃんじゃなくて、あなたなんだ。問題は」

「わたしがなにしたって？　いつも、杏奈を放っておくのがいけないっていうこと？　保健師なの、あなたたち」

「そうだな。昼過ぎに起きて、ネイルサロンで爪の手入れして、夜、少し働いて休みになれば仲間と遊びまわってるもんな」

石井がまたさきほどの口調で言った。

「わ、わたしのこと、調べてるの？」

「必要最小限のことはな」石井が言った。「あなた、いったい、自分の子どもをなんだと思ってる？　ご飯も作らない、洗濯だって子どもにやらせている。そんな母親があるか」

「好きでやってるんだろ、杏奈だって。なんで他人からああだこうだ言われるの？　わかんない」

感情をほとばしらせながら、怒り口調で明美は言った。

「あ、来ましたよ」

窓のところにいる小西が外を見ながら言った。

結城は明美を窓側に呼び、スタジオに向き合わせた。

リュックサックを背負った小松杏奈が小走りに、スタジオの戸を開けて中に入っていく。

「来月の二十日はジュニア選手権が仙台であるね？」結城は言った。「彼女も参加する？」

「ええ、たぶん」

あいかわらず、他人のような口をきく。

「あなた、スタジオのオーナーの外山さんと話したことある？」

「わたしが？　どうして？」

「杏奈ちゃんの母親でしょ？」

「それとこれと、どう関係してるの？」

「いいから聞きなさい。彼女が払っているレッスン代、月、いくらだね？」

明美はぽかんとした顔で、

「レッスン代？」と言った。「そんなの、払ってるわけないじゃん。特待生扱いなんだよ」

やはり、そうかと結城は思った。

「割り引いてもらって、五万五千円になる。ほんとうに知らなかった？」

明美は冗談とばかりに、首を横にふった。

「それは、あの男が払っている」

と石井が一階のスタジオを指した。

ヒップホップダンスを教えている植村がちょうど窓際に来ていた。

「植村さん……」

「そうだ。あいつが払ってる。知ってるな？　植村のことは。娘が世話になってるからな」

「ああ、まあ」

そこまで言って明美は言葉を引っ込めた。

「先週の金曜の夜、植村はわざわざソドムまで杏奈ちゃんのダンスシューズを届けてくれた。あなたはそれを家に持ち帰って杏奈ちゃんにわたした」

あのとき、紙袋に入っていたのは、脱法ドラッグではなく、杏奈の靴だったのだ。それを自分たちはドラッグとかんちがいした。明美をドラッグの客だと早合点してしまったのだ。

「杏奈ちゃんは、うれしそうにパートナーの子に靴を見せていたぞ。靴だけじゃない。服も植村に買わせているんじゃないか？　遠征費用もばかにならないんじゃないか。小松さん、あんた、どこでそんな金を稼いでる？」

「知らないって。あの人が勝手にやってるんだよ」

「おかしいと思わないか？」

「だって、特待生だよ、うちの子は」

明美は悪びれるふうもない。

「あなた、携帯を二台持ってるね？」

「持ってると罪になるの？」

「一台は杏奈ちゃんが使ってる？」

「ずっと杏奈が持ってる」

「杏奈ちゃんの携帯に、一日おきに植村から連絡が入ることは知ってた？　だいたい、いまごろの時間帯に」

「植村さんが……どうして」

はじめて、明美はけげんそうな顔つきになった。

「それが肝心なところだ。植村は杏奈ちゃんにその都度、客の住所を話して、そのあと、メールで地図も送る。受けとった杏奈ちゃんはそれを見てから、ブツを持ってそこへ向かう」

「は？　客とかブツとか、なんの話？」

「調べてわかっただけでも、これだけある」

結城は下北沢一帯の地図を広げて見せた。小田急線と京王井の頭線が交差するあたりのものだ。五ヶ所に赤いマーカーで印をつけてある。その中には、若林の自宅や、〝つぼくら〟の向かいのコインパーキングもふくまれている。

結城は石井をふりかえった。

「明美さん」石井が声をかけた。「杏奈ちゃんが持っていったのはこいつだ」

石井は手にした紺色のパッケージの中から、透明なパケットを抜き出して見せた。

ＭＶだ。

明美は穴の開くほど、じっと鼻先にかかげられたものを見つめた。

「シャブ？」

「ちがう」

石井はＭＶであることを教え、説明してやった。

聞いている明美の顔に疑問がふくらんでいくのがわかった。

「ドラッグなんて……どこであの子が手に入れるのよ?」

とかみつきそうな顔で訊いた。

石井は暗い通路で、段ボール箱やハンガーに掛かった服を陳列している店の写真を見せ、

「ここ、わかる?」

と訊いた。

「下北沢駅の食品市場?」

「そうだ。この店でよく、植村は杏奈ちゃんに服を買い与えてやった。売り子のおばさんは、杏奈ちゃんと植村を親子とかんちがいしていたぞ。だから、週に一度くらい、そこでふたりが待ち合わせても、なにも不思議がらなかった。そのとき、植村はこいつを、杏奈ちゃんのリュックサックにドラッグを入れた」

「……そんな」

「ダンスの練習がある日は午後六時前、ない日は四時ごろ、杏奈ちゃんの携帯に植村から電話が入る。それを受けた杏奈ちゃんは、植村から聞いた話とスマホの地図情報をたよりにそこへ向かう。少し遠ければ電車を使うが、だいたいは徒歩で行ける範囲だ。着いたところで、彼女は目印を見つける。客だとわかるようになっている。これだ」

石井がひまわりのシールを見せた。

「そして、郵便受けにドラッグの入った包みを入れて帰る」

そうした実態の一部を、石井は白石航太の尾行をして目撃したのだ。そして、いま見せているMVはその日に、航太がコンビニで捨てたものだ。

航太はおそらく、かなり前からパートナーの杏奈と植村の関係について、疑問を抱いていた。航太自身の家庭は理解があるし裕福だから、ダンスにかかる費用が支払える。しかし、杏奈の家庭はそうではない。その埋め合わせをする植村に疑いを持つようになったのは自然なことだった。

航太は何度か杏奈に問いかけたはずだ。植村のおじちゃんは、どうして、レッスン代を払ってくれるの？　と。杏奈は答えをうやむやにしていたのだろう。植村から、自分がたのんでいることを他人に教えるなと口止めされていたにちがいない。母親に対してもだ。

疑いを深めた航太は、何回か、杏奈のあとをつけたり、杏奈の携帯を盗み見たのだ。そして、杏奈が奇妙なものを他人の家に持っていくのを知った。そこには、決まってひまわりのシールが貼られてあることに気づいた。杏奈がそれを持っていった家の住民が、異常な行動を起こすことも航太は知るようになった。杏奈がリュックサックの中にしまい込んであったものを見て、航太はそれが禁止されている危険な薬物とわかったのだ。ところが、航太はこの始末をどうつけていいのかわからなかった。そんなときに、自分たちがやってきた。スタジオを訪れた石井に航太が話しかけたのは自然なことだったのだ。

しかし、直接、警察に杏奈のことを話せない。悪いことをしているのがわかれば、相手役の杏奈がダンスの練習はおろか、学校さえやめさせられてしまうと思ったからだ。

そして、三日前のあの日。航太は前もって携帯に送られてきた地図の場所を頭に入れて、そこを訪れた。待っていると、杏奈がやってきて、脱法ドラッグを置いて帰っていった。やむにやまれず、航太は、脱法ドラッグとひまわりのシールをはがして持ち帰り、処分に困ってコンビニに捨てたのだ。

「ちょっと、おっさん、なに言ってるの？　うちの子が麻薬を運んでるって？　いったい、何様のつもり？　杏奈がそんなことするわけないじゃん」

「小松さん。植村が仕入れているルートも客もすべてわかっている。あなたのお子さんが客の家にドラッグを運んでいる様子も、防犯カメラに記録されている」

これらを包み隠さず公表すれば、とんでもない反響があるだろう。脱法ドラッグに対して寛容な社会的風潮も見直されるはずだ。ダンスクラブ摘発が警察による無用な圧力だという批判も薄まるにちがいない。しかし、杏奈の扱いはどうすればよいか。事実発表は、むろん、匿名によるものになるだろうが。

「それから、小松さん」結城は言った。「残念だが、お子さんのしたことは遅かれ早かれ、マスコミが知ることになる……」

結城が言い終えるまえに、明美は目を潤ませて口を開いた。

「わたしだって、ちゃんとしなきゃいけないって思ってるよ。いちおう、母親なんだし。でも、実家へ帰ったって、いつもすぐ帰れって言われるし、行くとこないじゃん？　すっごい苦労したんだよ、これまで育てるのに。わかってないよ、ぜんぜん、わかってない」

「明美さん、それはわかるけど、こんどのことは」

　寺町がやんわり呼びかけると、明美はさらに顔を赤くして、

「あんたになんか、わかるわけないだろうが。うちらのことなんかさあ。だってさあ、ほんとに大変だったんだよ。十七であの子産んでさあ」明美は顔を手で覆い、嗚咽を洩らした。「……足りないんだよぉ」

　結城は明美の声に耳を澄ませた。

「……足りないんだよぉ、遊び足りないんだよー」

　石井が横を向き、寺町が顔をしかめた。

　結城もそれ以上、どう語りかけていいのかわからず、肩をふるわせる小松明美の様子を見守るしかなかった。

稲荷(いなり)の伝言

1

窓際からベランダの向こう側を見わたした。植物公園の杜(もり)に日が当たり、青葉を茂(しげ)らせたコナラの木々が風にゆれて気持ちよさそうだ。

「空気を入れ換えましょうか」

そう言って、結城公一は締め切られた窓のロックをはずそうとした。

「いい。やめてくれ」

懇願(こんがん)するように、江崎幸正(えざきゆきまさ)から言われて、結城は手を止めた。

「開けると警報が鳴って、すぐ職員が飛んでくるんだ」

「そうですか」

陽気の良い季節なのに。

エアコンの回る低い音に違和感を覚えながら、結城は椅子(いす)にすわりなおした。

「妙な噂(うわさ)が流れているんだ」

江崎が大きな背中を丸めるように言った。

「なんです？　あらたまって」

結城も声を低めた。

「ここの入居者で、振り込め詐欺に引っかかったのがいるらしいんだよ」

「振り込め詐欺に？」

「名前はわからんが、どうも女性らしい」

「まさか」

「本当だって。しばらく、その話でもちきりだった」

「やられたのはいつですか？」

「今月のはじめごろらしい」

「施設長はなにか言ってますか？」

「訊いても教えてくれん。だめだな、現役を離れた十年選手は」

「それは関係ないですよ」

結城は寂しそうに笑う江崎を元気づけた。

ここは、調布市の西はずれにある特別養護老人ホームの緑恵苑だ。鉄筋三階建て、延べ床面積五〇〇〇平米に八十人が入居している。武蔵野の面影が色濃く残る閑静な住宅街の一角にあり、深大寺や神代植物公園も歩いて五分のところにある。

江崎は結城が墨田署勤務のときの交通課長で、七十二歳。一昨年、脳卒中で倒れて右半身にマヒが残り、苑には一年前に入居していた。

「江崎課長」つい、昔と同じ調子で訊いた。「その女性は個室住まいでしょ？」

「たぶんな」

ここには個室と四人部屋の二種類あるのだ。

「そこに自分で固定電話を引いてる？」

「いや、固定電話を使う入居者なんて、いないよ」

「じゃ、携帯にかかってきた？」

江崎は口を引き結んで、

「携帯もどうかな。持ってるやつはいるにはいるが」

と答えた。

江崎は携帯を持っているが、この特養で、携帯電話を操っている入居者はあまり見たことがない。部屋に置いている人はいるだろうが。外部からの連絡は、ふつう、事務所の代表電話にかかってくる。ほかにあるとすれば、玄関脇の公衆電話くらいなものだ。

最近の振り込め詐欺犯はどんなことでもする。固定電話に限らず、当てずっぽうに携帯へ電話をかけまくっているのかもしれない。

「どれくらい持っていかれたんですか？」

結城が訊くと江崎は指を一本立てた。

「一〇万？」

「いや、二桁ちがうようだぞ」

「一〇〇〇万？」

「軽くそれを超えてるらしい」

結城はふと、父親の益次の顔を思い浮かべながら言った。「……認知症の入居者かな」

一〇〇〇万円を上回る額を持っていかれたとしたら、健常な状態の人間ではないのではないか。たとえば、認知症のような。しかし、結城は同時にいぶかしく思った。認知症の患者が銀行の窓口でそんな額を引き出そうとすれば、怪しんだ行員に止められるはずだろう。

「それがな、どうもこの階の入居者らしくてな」

江崎がいる三階ならば、とりあえず自分で動くことができる人間のはず。認知症が進んだ入居者は、二階に割り当てられている。

「奇妙ですね、それは」

「うん。三階は、そこそこ足腰が達者な連中もいるしな。ひとりで出かけて、ＡＴＭかなにかを使ったらしいんだが、どうも、そのあたりがわからん」

「玄関を自由に出入りできる入居者となると、けっこう、限られてきますね」

「たぶんな」

玄関の自動ドアは、暗証番号を打ち込まなくては開かない。むりやり開けようとすればアラートが鳴り、ガードマンがすっ飛んでくる仕組みだ。

「なあ、結城、少し探りを入れてくれんか？」

江崎が元警官であるのは施設内で知れわたっているはずだ。なにかと、頼りにされているかもしれない。入居者が振り込め詐欺にあったとするなら一大事だ。内情を知りたがるのも無理はない。

「わかりました」

「悪いな。おやじさんはどうだ？」

「おかげさまで、見ちがえるほど元気になりましたよ」

「それはよかった」

一年半前、結城の父親の益次は、稲城市にある有料老人ホームを追い出されて、自宅で過ごすようになった。それから一年後、近所のボランティアに紹介され、デイサービスに訪れるようになったのが、ここ緑恵苑だ。それが縁で江崎が入居していることを知ったのだ。

苑に通い出すと、益次の認知症の進行はおさまり、徘徊も止まったのだ。職員やボランティアの士気は高かった。

部屋をノックする音がして、ドアがいきなり開いた。エプロン姿の女性介護士が顔を出した。

「江崎さん、放送聞こえた？　お昼ごはん、はじまってますよ」

「きょうはなに？」

「海老だんごのかき玉。ぐずぐずしてると、冷めちゃうから。早めにね」

「はいはい、参りますよ」

江崎は立てかけてあった杖を握りしめ、結城の肩をつかんで歩き出した。廊下に出ると、各部屋から車イスが現れた。

エレベーターの前で、老婆を乗せた車イスとともに、がっちりした体格の男が待っていた。〝レスラー〟と呼ばれている介護主任の兼田守だ。

「こんちは」結城は声をかけた。

「あ、こんにちはー」

兼田は愛想よくふり向くと、開いたエレベーターに乗り込んだ。結城と江崎もそれに続いた。あとふたり、車イスの人間が乗り込んできて、もうエレベーターはいっぱいだ。

「お稲荷、お稲荷」

兼田が介護する車イスの老婆が、念仏を唱えるようにつぶやいているのが聞こえた。瘦せた足を組み、折れそうなほど細い指をその上に乗せている。九十歳になる立花スエだ。

悲しげな目で、スエはじっと一点を見つめている。

「どうしたぁ、スエさん」

江崎が声をかけるが、スエは返事もしない。

「ああ、気にしないでください」

と兼田が言った。

兼田は四十になったベテランだ。四角い顔にいつも笑顔を絶やさず、やさしい口調で入居者と接する。三階の責任者だ。

一階にあるデイルーム兼食堂は、お年寄りで半分ほどの席が埋まっていた。

建物の中は年じゅう、二十六度の温度で保たれている。ケアワーカーたちは半袖（はんそで）だが、お年寄りはみな長袖を着ている。

定位置に江崎を腰掛けさせて、結城は食堂を出た。

玄関脇に事務所があり、施設長の小野田卓治（おのだたくじ）がこむずかしい顔つきでノートPCをにらんでいた。市役所のOBで福祉関係の仕事に長くついていたという。腰が低くて人当たりがいい男だ。施設運営担当の永尾隼人（ながおはやと）のほかに、ふたりの事務員もそろっている。

目が合った小野田は席を立ち、カウンターへ結城を導いた。

「お忙しいようですね」

結城が声をかけると、小野田は椅子に腰を落とした。

「ちょっとね」小野田はメガネに手をやり、あたりに人がいないのを見てから続けた。

「市の監査の日程がくり上がりましてね」

「いつ?」

「十日」

「そりゃ早いな」

「いつもは六月なんですけどね」

　赤ら顔の小野田は、ハの字形の温厚そうな眉をひそめて、ぼそりと言った。

　緑恵苑は民間の社会福祉法人が運営している。決算が済んだばかりの五月に早々の監査とは。

　最近では、やれ特養だ、ケアハウスだと介護福祉施設ができて、ほとんどが自治体の補助を受けている。監査も厳しくなっていると聞く。そのためだろうか。事務所の中の空気も、ぴりぴりしているように感じられた。

　――まるで、ちがうな。

　父親を連れて、この施設を最初に訪れたときのことを結城は思い出した。

　ケアワーカーもヘルパーも看護師も、みな明るく対応してくれた。事務員たちも、ほとんど事務所にはおらず、入居者の世話や施設のメンテナンスで、席を温めている暇などない様子だった。全員一丸。それが緑恵苑のモットーだ。

　それがどうだ。半年経ったいま、施設の中の空気は、どんよりと濁っている。いったい、どうしたというのだろう。

　江崎から頼まれた件について訊く気にはなれず、結城は早々に席を立った。

振り込め詐欺の件は、苑を管轄している調布署で話を聞いてみるしかないだろう。自動ドアの暗証番号を入力して外に出た。

マイクロバスが玄関に横づけになり、福塚夕子が降りてきた。

長髪の活発そうな若い女性介護士だ。結城の父親の面倒を見てくれている。

「あ、結城さん」

「夕子ちゃん、忙しそうじゃない」

「バスの洗車ですよ。あれ、おじいちゃんは来週じゃなかったですか？」

「うん。また、そのときは、よろしくお願いします」

と結城はバスを指した。

益次がデイサービスで苑を訪れるのは、火曜日と木曜日の二回だ。

最初のうちこそ、妻の美和子が送迎していたが、ボランティアによる送迎バスを勧められて、益次もしぶしぶ応じた。最近では片道一時間もかかる送迎さえ楽しみにするようになったのだ。

結城は駐車場へ回った。少し前まで花を咲かせていた桜並木が、きれいな葉桜に変わっていた。

四月二十三日金曜日。あと一週間で月が終わる。

調布署の駐車場にクルマを停めて、しばらく待っていると、短髪で、左右も短く刈り込んだ男がやってきた。結城は助手席に乗るようにうながした。

「お久しぶりです」

と田上秀典はなつかしそうに言った。

「四年ぶりだな」

「そうですね。先輩が生特隊に移る前でしたから」

結城の前任署は江戸川区の小松川署だ。地域課で課長代理を務めていた。田上はそのときの部下だ。仕事ができる男で、二年前に刑事になり、調布署の刑事課に異動した。今年、三十の大台に乗ったはずだ。

「まだお茶くみか？」

「去年、若いのがふたり来ましたよ」

「めでたく、卒業か。どうだ、こっちは？」

「江東にくらべたら、おっとりしたもんです。きょうはまた？」

田上があらたまった感じで結城に向き直ったので、父親が緑恵苑のデイサービスを利用していることを話した。

「緑恵苑ですか」

田上は言った。

警察の先輩が入居していることを伝えてから、

「振り込め詐欺にあった入居者がいるようだな？」

と結城は訊いてみた。

「それですか。あるにはありましたけどね。諸井千代っていう八十二歳のばあさんでしょ？」

「名前は知らない」

「去年の秋に入所したばかりのようですね。軽い脳内出血を起こしたことがあるけど、ふだんはそこそこ元気なばあさんですよ。車イスもひとりで乗れるし。要介護認定は3だったかな」

「家族は？」

「だんなは三年前に亡くなりました。息子と娘がひとりずつ。三月の終わりだったかな。そのばあさんが入居している部屋に、振り込め詐欺の電話がかかってきて、ころっとだまされたというんですよ。ばあさんは、あわてて銀行で金を下ろした。そのあと、苑の駐車場で犯人と直接会って手わたしたということでしたけどね」

「携帯電話とかは？」

「本人は携帯を持っていないと言ってますよ。部屋の電話だって、直接、外からかかってきません。苑の代表電話にかかってきて、事務員が取り次ぐ方式ですよ。ところが、その日、三月二十九日ですけどね。外から諸井千代を呼び出す電話はなかったんですよ」

「なかったって、どういうこと？」

「ですから、諸井千代の部屋の電話は鳴らなかったんです。三月二十九日、諸井千代は、部屋の電話でだれとも話していません。さんざん調べましたから」

「それじゃあ、振り込め詐欺じゃないじゃないか。本人はなんと言ってるんだ？」

「電話がかかってきたのは、午後一時半だったと。相手は息子だと騙って、資金繰りでトラブっているから、大至急、一一〇〇万円を用立ててくれということで。下ろしたら駐車場で待っていると」

「それに応じた？」

「結果的にはそうなった形ですね。千代は実際、金を預けていた三ヶ所の銀行を回って、二ヶ所で各三〇〇万円、のこりの一行で四〇〇万円を引き出しましたからね。それから、ATMでも一〇〇万円を下ろしてます。そのあと、苑の駐車場に持っていったら、そこに男が現れて、わたしたというんですよ」

「よく銀行が応じたな？」

「永尾という苑の職員が同行してますからね。窓口で事業をしている息子が至急要り用になったからと言って、すぐ、下ろせたみたいですよ。諸井千代がその金を自分の部屋まで持ち帰ったのを永尾は確認しています」

「諸井千代はひとりで金を持って駐車場に出たのか？」

「午後三時過ぎに出ていったと言ってます。でも、職員でだれも見たものはいないし、駐車場の防犯カメラには諸井千代も男も映っていない。前後の時間を調べてみましたが同じです」

「その諸井って、ひょっとして認知症なのか？」

「そうではないみたいですけどね」

「じゃあ、いったい、詐欺の話はどこから出たんだ？」

「千代の息子というのが、自営業でしてね。ちょうどこのころ、本当に資金繰りに困って、千代が銀行で金を下ろした次の日に、母親を頼って苑にやってきたようなんです。それで、金を貸してくれと母親に頼み込んだけど、母親は金なんてないの一点張りで通した。息子はないしょで貯めていた貯金があるだろうって、大もめにもめて、職員があいだに入った。けっきょく、施設長の耳に届いて、署に通報が入ったんですよ」

「引き出した金はどうした？」

「任意で諸井千代の部屋を調べましたが、見つかりませんでした」

「じゃあ、どこへ行ったんだ？」

「千代は語りませんけど……どうも、息子にわたっているみたいですね。本人は認めませんけど。この息子には姉がいるんですが、まあ仲が悪くて。姉のほうは弟がもらったって疑ってますよ」

「息子はこっそりと母親からもらって、姉にはだまっていたということ？」

「息子のほうが可愛かったんだろうなと見てますけど、税金がらみかもしれないですね」

「贈与税？」

「ええ。いちどにもらうと、四分の一は持っていかれますからね」

「なるほど。じゃあ、振り込め詐欺はなかったということ？」

「百パーセントないですね。息子に責め立てられた諸井千代が、その場しのぎで口にしたんです。それがここまで大事になって、ばあさん自身も驚いていると思いますよ」

　田上は渋い顔で言った。

「やれやれだな」

「ひととおり、苑で聞き込みをしたんですけどね。なんせ、特養じゃないですか。認知症のご老人も多いし。おかげで、いろんなアラが見えてきましたよ」

「アラ？」

「寝たきり老人のこのあたりかな」田上は自分の肩胛骨のあたりに手をあてがった。「あざがありましてね。あれって、どう考えても自分じゃつけようがないし、ケガでもなかったですね」

「虐待とかか？」

「そう見えなくもなかったですね。しかも、ひとりじゃ……」

そこまで言って、田上は口を閉ざした。

もしかして、複数の高齢者が虐待を受けている？

「上に報告したのか？」

「もちろん、しましたよ。でも」

田上はふたたび口をつぐんだ。

「寝た子を起こすな、だな？」

田上は否定しなかった。

入居者の振り込め詐欺事件はケリがついた。同じ施設で新たな事案を抱えるなど、できないというのが本音だろう。田上が知っていることを聞き出し、関係者の連絡先を教えてもらって別れた。

2

狛江の自宅に着いたのは、午後二時半を過ぎていた。益次の部屋の障子を開けると、布団に横になり気持ちよさそうに午睡をしていた。

「起こさないでね」

居間のテーブルで洗濯物をたたみながら、美和子がつぶやいた。

結城は障子を閉めて、冷蔵庫から缶ビールをとり出した。プルトップを引いて、ひといきに半分ほどあおった。昼間からの酒なのに、美和子はなにも言わなかった。このところ、益次の具合がいいので、滅多なことでは怒らない。それより、結城は酒でも飲まずにはいられない気分だった。

非番の日にこそこそと所轄に顔を出し、警察の先輩が入居しているので、振り込め詐欺にあった入居者の話を聞かせてくれと頼み込んだあげくに、身内の泥臭い話まで聞かされたのだ。

「ずいぶん遅くなったけど、苑でなにかあったの？」

美和子が訊いてきた。

「いや、なにも」

「嘘ばっかり。江崎さんになにか言われたんでしょ？」

結城はビールを飲み干すと、江崎から聞いた振り込め詐欺のことを話した。

田上から聞かされた具体的なことは言わないでおいた。

「あんな施設に入っていて、引っかかる人なんているの？」

「まだ、被害にあったとは言ってないぞ。とにかく海千山千の連中だし。特養に入っていようがなかろうが、関係ないさ」

「うちは大丈夫？」

「おやじが？　出すもんなんて、ないじゃないか」

「あんがい、どっかに口座を持ってるんじゃないかしら」

前の施設に入所したとき、父親名義の預金通帳類はすべて目を通したはずだ。

「一度、訊いてみる。注意もしておかないと」

「きょうも絵里はバイトか？」

「みたいね」

「大学はちゃんと行ってるんだろうな」

「行ってるんじゃない」

他人事のように美和子は言った。

去年の春、ひとり娘の絵里は、私立大学に入学した。その年は遊んでばかりいたが、今年に入ってバイトに精を出すようになったのだ。遊びのほうも負けてはいないが。

「そういえば、昨日、お義父さん、帰宅して変なこと言ってたわ。いっしょに風呂に入った人の身体があざだらけだったとか」

「あざだらけ？」

「脳梗塞で半身マヒの人みたいなのね。介助する人とふたりがかりで、機械浴槽に入ったらしいの。胸とか背中に、こぶしくらいの大きなのがあったけど、あれはあざだって」

「移動するとき、当てたんじゃないか？」

「胸や背中に？　手とか足ならわかるけど。それに、その人、すごく怖がっていたらしいのよ」

「介護人を？」

「そうみたい。気になるんなら、あなたから訊いてみてよ」

結城は答える代わりに二本目の缶ビールをとり出した。なにか、いやな予感がした。苑のことを思った。暗くなった雰囲気のもとは、もしかして入居者に対する虐待が発生しているせいだろうか……。

「苑のことで、おやじ、なにか言ってないか？」

「振り込め詐欺のこと？」

「ちがうって。長いこといるだろ。雰囲気とか、嫌いなワーカーとか、なんでもいいけどさ」

「なによ、いきなり」

「なんでもないけど」

「へんね。あなただって知ってるでしょう。お父さんがあそこ、大のお気に入りなのは。来月から一日おきに利用するって言ってるわよ」

「一日おき？　ケアマネは了解したのか？」

ケアプランを作るケアマネージャーの了解なしには、デイサービスの利用を増やせないはずなのだが。

「お義父さん、ねじこんだらしいわ。どうなってるのかしらね」

美和子はさばさばした感じで言った。一日おきに施設が面倒を見てくれることになれば、それに越したことはないからだ。

それはそれでいい、と結城は思った。

結城自身も苑を訪れる回数を増やせる。


三日後の月曜日。

「公私混同もはなはだしい」

副隊長の内海康男警視が憮然とした表情で言った。

「公私混同には当たらないと思います。調布署の人間も似た事象を見ています」

結城は一歩も引かない気持ちで答えた。

「そう正義漢ぶるな。施設内の高齢者虐待なんて、掃いて捨てるほどある。それに、法の趣旨を曲げるわけにはいかんぞ。いちいち、関わっていたら、にっちもさっちもいかなくなる。管理職ならわかるだろう」

「いえ、この事案こそ、生特隊が手がけるべき事案ではないですか？　ほかに引き受ける部署があるなら聞かせてください。万一のことが起きたら、それこそ警察の信用問題です」

　結城がまくし立てると、内海は腕を組んでだまり込んだ。

「緑恵苑がオープンしたのはいつだ？」

　パンフレットを開きながら、しぶしぶ内海が口を開いた。

「七年前です。大手が経営する施設ではありません。緑恵会という社会福祉法人が運営してます」

「深大寺の近くか……なになに、神代植物公園まで徒歩五分、都内でも恵まれた好環境」

「ええ、施設のまわりは畑ですし」

　パンフレットにうたわれている以上の好立地だ。

「職員は何人いる？」

「常勤と非常勤、パートもあわせて五十名ほどです」

「入居希望の待機者はどれくらいいる？」

「三百十七名」

「ほー、年間の空きは？」

「去年の例ですと、九人、施設で看取（みと）ったとのことです。平均年齢は八十四歳。要介護度の平均は3・3ですから、重篤（じゅうとく）患者が多いうちに入りません」

「おまえのオヤジさんが受けてるデイサービスのほかに、ショートステイもやってるんだろ?」

月、あるいは週単位で施設に入居する介護プログラムだ。

「しています。それも常時、五十名単位で待機者がいます」

「大人気の特養か」

「職員の士気は高いです」

特別養護老人ホームは要介護認定を受けた高齢者が入居できる介護施設だ。所得により差はあるが、自己負担は月に五万円から一〇万円。死ぬまで居続けられる文字通りの終(つい)の棲家(すみか)だ。緑恵苑には、介助が要らない入居者もいる。

結城は苑が昼間のオムツゼロ作戦を敢行していることを付け足した。寝たきりになりがちな高齢者の数を減らす試みだ。それが最近うまくいっていないことは言わないでおいた。

「おれが入りたいくらいだな」内海はパンフレットを閉じた。「その職員が入居者を痛めつけているんだろ? どうなんだ?」

「それは……まだ、なんとも言えませんが」

「じゃ、だれだ? 入居者同士で痛めつけあってるのか?」

「ですから、それを調べるのが隊の任務です」

「まさか、市には通報していないだろうな？」

「していませんが、虐待が明らかになった時点で、即刻、通報すべきです」

施行されて間もない高齢者虐待防止法によれば、発見者はすみやかに該当する自治体へ通報する義務があるのだ。そうなれば、市は立ち入り検査をしなくてはならない。

「それは努力規定だろうが。まったく」

「よろしいですね？」

「振り込め詐欺だの虐待だの、ろくなもんじゃねえ。勝手にしろ。ただし、ほかの班の応援は出さんぞ」

「ありがとうございます」

副隊長室を出ると、三人の部下が待ちかまえている小会議室に入った。

「班長、そのお顔はＯＫ、出たんですね？」

マチ子こと、寺町由里子巡査長が席を立ち、うれしそうな顔で言った。

きょうもグッチのワンボタンスーツだ。

結城がうなずくと、角刈りの頭をしごきながら、石井誠司警部補が顔を上げた。「高齢者虐待か……」

「いずれはお世話になる施設ですから。ね、石井さん、やりましょうよ」

からかい半分に小西康明巡査部長が言ったので、石井がかっと目を見開き、頭をこづく仕草をした。

「ふたりとも、いいかげんにしてください」マチ子が言った。「特養は一度入ったら、死ぬまでずっと同じところにいるんです。そこで虐待なんですよ、命にかかわることじゃないですか」

「そうそう、もう決まったことだし」と小西。「特養や、一度入れば、抜けられず」

小西のへたな句を無視して、石井が言った。「班長、施設に入って聞き込みとなると……どうなんでしょうね」

「うちのおやじのことですか？」

「それはいいとして、ふつうにできるのかなあと思って。ほら、認知症とかあるじゃないですか。虐待の被害者は何人でしたっけ？」

石井が訊いた。

「そこはまだ、はっきりしなくて」

「寝たきりで認知症の老人？」

「そうとは限らない。実態がつかみきれていなくて。でも、そこにあるのはまちがいなく、悪質な虐待だと思いますよ」

「加害者は職員？」

「いや、加害者はまだ職員とも入居者とも決まっていません」

「外部からきた人もいますよ」マチ子が続ける。「ベテランの可能性ばかりではなく、慣れない実習生とかが、つい手を出しちゃったとか」

「ボランティアとかもいるんじゃありませんでしたっけ？」

小西が口を挟んだ。

「どの線もありうると思う。正規の職員は二十八名で、パートや派遣も含めれば、合わせて五十名ほどが常に施設に出入りしている。早出と遅出、日勤と夜勤という四種類のシフト勤務だ。職員の中には、うすうす虐待に気づいている人間もいるらしいんだが」

「気づいていても、なかなか名前を出しづらい……ということは？」

「どうだろうな」

「班長、まず被害者を特定するべきですね」

マチ子が言った。

「それは、聞き込みである程度、わかると思う。問題はそこから先だな。マチ子、おまえ、介護に興味あるか？」

「あるといえば嘘になりますけど」

「マチ子なら、実習生でも通るな」

「小西さん、からかわないでください」

「ボランティアとして、まぎれ込んでくれたらいいと思っていたが……」

「班長、無理な相談です」石井が言った。「たとえ、内偵の段階でも、警官が身分を偽って捜査したのがばれたらまずい」

「わたし、江崎さんの遠縁に当たりますけど……今週からゴールデンウィークだし」

おずおずと口にしたマチ子の腹づもりを結城はその場で理解した。江崎の親戚を装って……いや、本物の縁者として見舞いに訪れる。ゴールデンウィークに入るから、施設に通っても怪しまれることはない。なんとか苑に溶け込んでみる、とマチ子は言いたいのだ。

「そうだったな」結城は言った。「きょうにでも見舞いに行ってみてくれんか」

江崎さんには話を通しておくから。

そう結城は目で合図すると、マチ子はこっくりと意味深げにうなずいた。

「そういうことなら、ぼくも営業かなにかで。押し売りでもかましてみるか」

「イッさんは?」

言われた石井は目を丸くして、

「わたしですか……うーん、ちょっと気になるなあ。朝方、班長から聞いた振り込め詐欺の作り話ってのも」

「関係ないですよ、それって。調布署がもう調べたんだし」

小西が言った。

「同じ施設で起きたことです。わたしたちも、できるだけ知っておかないと」

寺町が言う。

「被害を受けたという人はなんていいましたっけ？」

石井が訊いた。

「三〇二号室の諸井千代。八十二歳」

「わたりに船だったのかな」石井が言った。「振り込め詐欺にでも引っかかったことにすれば万事、都合良くおさまりますからね。その息子と娘の住所を教えてくれませんか？」

「石井さん、狂言なんですよ。それでも調べるんですか？」

「念には念を入れる、ですね、イッさん」

石井はもっともだという顔でうなずいた。

3

翌日。

寺町由里子は江崎をデイルームの定位置にすわらせると、となりの席についた男性の入居者の首にエプロンをかけてやった。二台の車イスをひとりで押すワーカーが、目の前を通っていく。部屋のまわりの壁には、入居者の手による習字や絵が所狭しと張りつけられている。小学校の教室のような風景だ。

そうしているあいだも、四人のワーカーたちは、二十五人分のお茶とお水を手際(てぎわ)よく並べ、入れ歯をつけてやったりしている。昼食開始の時刻から十五分近く経っているが、なかなか、肝心の食事がはじまらない。

江崎の見舞いを名目に、寺町が施設を訪れて二日目だ。

つらいものだなと寺町は感じはじめていた。入居者は七十年以上生きてきて、食生活の好みなど、ばらばらだったはずだ。それが、こうして味気ない食事を日に三度も強(し)いられる。自分が同じ立場になったら、たぶん、猛烈に反抗すると思う。

「や、助かるー、寺町さん」

長髪で真っ黒く日焼けしたサーファー風の竹本幸平(たけもとこうへい)に声をかけられた。

元気で明るい二十八歳の介護士だ。

「いえ、とんでもないです。大変ですねえ」

「毎日、こんなもんですよ。飯食ってオムツ替えて飯食って寝かしつけて、の繰り返し」

「夜勤もあるんですよね?」

「ぼく、昨日の十六時に出勤ですよ」

「昨日の四時?　もう、二十時間になるじゃないですか?」

「なるね」

寝る暇などなかったろう。

入居者の部屋のコールが鳴り、「あ、いっけねえ、またオムツだ」と言いながら、竹本は部屋を飛び出していった。

入居者の居室は一階にはない。二階から上だ。

「お稲荷、お稲荷」

ぶつぶつ言いながら、車イスに乗った立花スエが通っていく。

「あ、スエさん、こんにちは」

寺町は声をかけた。

「お稲荷だよ、お稲荷」

答える代わりに、スエはまた同じことを口にする。

「ダダこねてるんですよ。最近、好物が出ないから」

と車イスを押す兼田が言った。

「そうかあ、また出るといいですねえ」

「さあ、おばあちゃん、めしめし」

兼田が介助の必要な人が集まる一角にスエを運んでいった。

小顔の品の良さそうな老女が器用に自分で車イスを転がし、テーブルのあいだを縫ぬって近づいてきた。介護用ではなく自走式の車イスだ。グレーのパンツに青いニットのチュニック。銀色の白髪が肩にかかり、うすく化粧もしている。振り込め詐欺被害にあったという諸井千代だ。

寺町は諸井の車イスについて、介助の要らない人たちがいる席に導いた。

「ありがとうね」

「また、いつでも声をかけてください」

寺町がそう語りかけると、諸井は笑みを浮かべて頭を下げた。

ようやく、となりにある調理室から、料理のつまったラックが運ばれてきた。

ぽつんと離れて、だれも相手にしない車イスの老女がいる。昨日も気になっていたのだ。寺町は近づいて声をかけた。

「おばあちゃんの席はどこですか？」

「牛乳」

ぽつりと細身の老女が言った。

寺町は運び込まれたラックから、紙パックの牛乳をとり出して老女の前に置いてやった。老女は手をつけないで、太い眉毛をしかめて牛乳をにらみつけている。

「ああ、だめだめ」

陰で〝ズル子〟と呼ばれているワーカーの桃原久子が口を出してきた。

「コップに注いでやらないと、アキさんは飲まないから」

「あ、はい、わかりました」

寺町はあわてて、コップに牛乳を入れて老女に手わたした。名札がないので、名字がわからない。

「なんかすみませんねえ」

施設運営担当の永尾隼人が、ひょろりとした身体で、両手にトレーを抱えて脇を通り過ぎる。ひげの薄い中肉中背タイプ。手のかかる食事時は助っ人にくる。便利屋と呼ばれて、重宝されているようだ。

「永尾、早くしなよ、冷めちゃうじゃないか」

と口やかましい徳永節子が大声を上げた。

「はいはい、いますぐ行きますから」

永尾がひときわ大きな喉仏を動かし、ウインクして徳永のもとに赴いた。

食事はひとりひとり、中身がちがう。普通食を食べる人もいれば、飲み込めないのでペースト状にしたものを食べる人もいる。

寺町は牛乳をにらみつけている老女のところに戻った。その前に置かれたスプーンを手にとり、椀からお粥をすくって、老女の口元に持っていった。

そのとき、純白の制服に身を包んだ五十前後の女が走り込んできて、寺町が手にしているスプーンをさっと奪い取った。ほんの一瞬のことで、寺町はなにが起きたのか、わからなかった。

「あなた、資格を持ってるの？」

いきなり、女から訊かれた。痩せていて首の長い女だ。縁(ふち)なしメガネの奥にある細い目が怒りを帯(お)びていた。

寺町は答えることができず、ただ首を横にふった。

着ている制服の色も形もちがう。看護師だ。

まわりにいたワーカーたちの顔が、いっせいに寺町を向いた。

「介助の必要な人に食事を与えるのは、訓練を受けた人だけです。喉にものをつまらせたら、どうする気？」

一方的にまくしたてられた。

見かねた兼田がやってきて、

「五十嵐(いがらし)さん、それくらいにしてくださいよ。せっかく、ご好意でしていただいているんですから」

看護師の五十嵐俊子(としこ)はきっと兼田をにらみつけた。

「ボランティアでも、最低限のルールは守ってもらいます」

五十嵐は突き放すように言うと、デイルームを出ていった。

兼田が頭をかき、申し訳なさそうな顔で寺町を見やった。

ワーカーたちはなにもなかったという感じで、食事の介護に戻っている。

食事が終わり、自分の部屋で休むという江崎を介助して、三階の居室に連れていった。

「二時からカラオケ大会がありますよね？」

寺町は声をかけた。

「うん、あー、どうしようかな」

ベッドに腰を下ろし、リモコンでテレビをつけた江崎は、行く気がないようだ。

寺町は一階に下りた。

事務所の前で、五十嵐が永尾をつかまえて、なにやら話し込んでいた。縁なしメガネで上目遣い（うわめづか）に見る五十嵐は、どうしても底意地が悪そうに見える。オムツが足りないと言っているようだ。

「……それは変だなあ」

永尾がハッキリしない口調で答えた。

「あなたに発注、お願いしたじゃない」

と五十嵐がたたみかけた。

「しましたよ、先週。いつもより多めに五十ケース」

「あと二日しか保たないからね。どうする気？」

「催促しときますから」

「お願いよ。遅れたら発注先を変えるくらい言ってやってよね」

強い調子で言うので、人の好さそうな永尾が気の毒だ。

すり足でそこを横切った。

デイルームに残っているのは、女性の入居者ばかりだ。立花スエや徳永節子の顔が見える。諸井千代もいた。男性の入居者は食事が終わると、ほとんど、居室に引っ込んでしまうのだ。

寺町と同年代のワーカーの福塚夕子が立花スエの相手をしていた。

「スエさん、きょうはなに、歌おうか」

「うん」

「東京の花売り娘?」

「ああ」

ほとんど、しゃべらないスエだが、どことなく愛嬌(あいきよう)があるので、ワーカーのあいだでは人気があるようだ。

離れたところにあるソファーに腰掛けている徳永に、

「あんた、ちょっと」

と大声で呼びつけられた。寺町はおそるおそる、その横にすわった。

「なんですか?」

「あんた、なにしてるの？」

「え？　お見舞いですけど」

　だれにでも命令口調で話す徳永は、みなから煙たがられる存在だ。七十八歳だが、介助なしで生活できる数少ない入居者のひとり。若い頃、病院で助産師として働いていて、介護の仕事に精通している。そのせいか、ワーカーや看護師にも遠慮することがない。うるさ型で、三階のお局のような存在だ。

　徳永のひざの上に、タバコとライターが載っている。

「食後の一服……しますか？」

　寺町が誘いをかけると、徳永はさっそく飛びついてきた。

「あんた、つきあってくれるの？」

「いいですよ」

　自分の部屋なら吸えるが、館内は原則禁煙。それに、入居者が外出するときは職員が認めた付き添いがないと、外へ出られないのだ。

　寺町は玄関まで徳永を連れていった。徳永に代わって外出届を書いた。ガードマンの承諾を得て、パネルに暗証番号を入力し外へ出た。

　カットソー一枚では、肌寒かった。館内は一定の温度に保たれているが、曇りがちのきょうは外気は二十度を切っているかもしれない。

玄関脇の長椅子に腰を落ち着け、徳永はうまそうにタバコを吸った。

狭い道をへだてた民家の生け垣のツツジが淡いピンク色の花弁をつけている。

「すみません。あの、徳永さん、ワーカーの桃原久子さんて、どうしてズル子って呼ばれているんですか?」

寺町が訊いた。

「ずるがしこいからズル子に決まってるだろ」

「ずるがしこい……っていうと」

「あの子、訪問介護もしてるだろ。時間をごまかしたりなんて、しょっちゅうだよ。介護報酬は同じだからさ。オムツだって、替えないよ」

「替えない?」

「最初のひとふんばりで出るものが出たって、見て見ぬふりさ。あとになって別のワーカーが替えるとき、あ、ちょっと多めに出てよかったですねえ、なんてことで終わり」

「そういうことですか……でね、徳永さん、なにか、暴力を受けている入居者がいると聞いたんですけど、本当ですか?」

徳永は一口吸いつけて、盛大に煙を吐いてから、おもむろに切り出した。

「どこから、そんな話を聞いたんだい?」

「さっき食事中に。やっぱり、やられているのは二階の認知症の人たち?」

「そこじゃないよ」

聞き捨てならなかった。

「三階の人も暴力を受けているんですか？」

「寺沢（てらさわ）よしえとかアキとか。足や背中にあざができてたよ」

名前が出たので、寺町は聞き耳を立てた。

「アキって木村（きむら）さん？」

あれからワーカーに名字を教えてもらったのだ。

「そうだよ」

寺沢よしえも知っている。どちらも、車イスで自力移動できる、おとなしい老女だ。寺沢よしえは少し認知症が入っていたはずだが。

「諸井さんは？」

「千代が？　どうして？」

「よしえさんやアキさんと同じように、おとなしいから」

「千代がそんな目にあったのは聞いたことないなあ」

「そうですか」

「あの人、ああ見えて、けっこうしっかりしてるよ。苑のことなんか、ぜんぶお見通しだし」

お見通し……？

「でも、だれがそんなことするんでしょうね……」

「あっ、そういえば一度……」

徳永はそこまで言うと、ため息をついてだまり込んだ。

……この人は加害者を知っているのだろうか？

かりに知っているとしても、加害者の名前は言わないかもしれない。他人に言いつけたのがばれたら、自分にまで暴力が及ぶかもしれないという恐れがあるからだ。

「やられるのはさ、あんた、人の目が少ないときだよ」

「夜勤のときとか？」

「かもしれないね。なんせ、ひとりでなにからなにまで、こなさないといけないことが多いだろ」

それで、つい、手を上げてしまうのだろうか。

「上の人たちは、だれがしてるか、わかっているんじゃないですか？」

「事務所の連中？　それどころじゃないよ。来月早々、市の監査が入るから、目が三角になっちゃってるだろ？」

結城から聞いているが、施設長とは一度話したきりで、よくわからない。

「監査ってきびしいんですか」

「あたりまえだろ。補助金で経営が成り立っているんだよ。それに」徳永は声を低くした。「使途不明金とかが見つかって、大わらわだって」

「使途不明金？」

「一〇〇〇万超えてるらしいよ」

目の前の道を、つば広帽をかぶった老女が、孫らしい男の子の手を引いて歩いていく。

「あーあ、ひとりでこの辺、ぐるっと歩きたいねえ。五分でいいから」

恨めしそうに、ふたりを見送りながら徳永は言った。

普通に歩ける人でも、散歩は職員といっしょでなければ認められていないのだ。

「さあ、一声上げてくるか」

と言いながら、徳永は立ち上がった。

ちょうど、班長の結城が父親を迎えに苑に入っていくのが見えた。

入れ替わりになるいい時間帯だった。

結城は挨拶がてら、事務所に立ち寄った。施設長はおらず、施設運営担当の永尾がノートPCと向き合っている。かたわらに、分厚い介護用品カタログを広げていた。発注作業に忙しいようだ。

例のごとく、デイルームには女性の入居者だけが五、六人いた。ワーカーの福塚夕子に声をかけられた。

「あ、結城さん、もうお迎えですか？」

「いや、近くに来たものだから」

「おじいちゃん、入浴中ですよ」

「のぞいてみてもいいかな？」

「どうぞ」

結城はエレベーターホールを回り込み、長い廊下を先に進んだ。相談室の中で職員の中谷悦子が客らしい人に応対していた。

脱衣場は機械浴の利用者で混み合っていた。みな、車イスだ。

女性のワーカーが声をかけると、先頭の老人が両手を上げて服を脱がせてもらう。裸になると、中にいたワーカーにバトンタッチされていった。

「はい、次の人」

「一分単位ですからねえ」

ワーカーが申し訳なさそうに言う。

手のかかる人を、ひとりでも多く時間内に入浴させなければならないのだ。

一般浴槽で仲間とともに、のんびりと腰まで湯につかっている益次に声をかけ、結城はとなりの機械浴槽をのぞいてみた。

男性ワーカーがふたりがかりで、リフトに横たわったままの老人の身体を洗っていた。顔が土色で、全身が骨と皮だけだ。職員は四十過ぎの馬場（ばば）という介護士と、若い竹本だ。

「起こせ、竹本」

馬場がぶっきらぼうに言った。

「はい……どれ、サダジさーん、ちょっと起きようねえ」

竹本が声をかけて身体を起こすと、馬場が手際よく背中を洗った。

馬場はまったくムダ口をきかないベテラン介護士だ。オムツ替えや排泄（はいせつ）指導などの基本は的確で、仕事に対する姿勢は厳しい。年下を平気で呼び捨てにするし、どことなくやくざっぽい風貌（ふうぼう）だ。主任クラスの兼田とは真逆の性格だ。少し損をしているように見受けられる。

リフトを上げて、老人を湯船から外へ移すときのことだった。あばら骨のあたりに、引（ひ）っ掻（か）いたような黒い傷らしきものが見えた。結城は最後まで見届けてから浴場を出た。

デイルームに入った。福塚は三時のおやつの準備にとりかかっていた。

「福塚さん、ちょっといいかな」

結城が声をかけると、老女たちの輪から離れて結城の前に来た。

「おじいちゃん、どうでした？」

「もともと、長湯だし、まだ、気持ちよさそうに入ってるよ。ところでさ、となりの機械浴槽に入っていた人は認知症かなにか？」

「いえ、脳梗塞を起こして寝たきりですけど。どうかしました？」

「しんどそうだなと思ってさ。機械浴槽は夜も使ったりする？」

「人手が少ないから無理ですよ。うんちで汚れたりすると大変ですから」

「いや、力仕事だなって思ってさ。きょう、諸井さんはいない？」

振り込め詐欺にあったという老女を、一目見ておきたいと思った。

「千代さん？　あれ、さっきまでいたのに……」

「もう部屋？」

「あ」

福塚は急用を思い出したように、デイルームを出ていった。結城はそのあとに続いた。

福塚は三階まで上がると、長い廊下を早足で歩いた。ずっと先だ。廊下の突き当たりにあるガラス窓の前で、むこう向きに車イスが停まっている。

福塚は車イスに乗っている老人に声をかけながら、その場で車イスを回転させて戻ってきた。青いニットのチュニックをまとった上品な感じの老女が乗っている。

「……あたしは、いいんだよぉ」

老女が福塚の顔を見上げながら声をかけるのが聞こえた。

「ここはだめだめ、ね、千代さん」

結城の脇を通り過ぎるとき、福塚は内緒話でもするように、老女の耳元に声をふきかけた。

この人が諸井千代か……。

諸井の部屋は廊下のずっと先のようだ。東側の階段のすぐ手前の個室に連れ込むのを見届けてから一階に戻った。

しかし、と結城は思った。虐待を受けている事実はなかなか確認できない。これではいつまでたっても埒があかない。寺町にしても、連日、見舞いに訪れたのでは、加害者に気づかれる恐れもある。

それでも、慎重にいかなくては。それに、虐待の事実を確認して、いきなり市へ通報してしまっては、管理者側も立場がないし、益次を預かってもらっていることもある。

結城は事務所に戻った。永尾しかいなかった。

「施設長は？」

結城が声をかけると、永尾が顔を上げた。

「こんにちは。施設長は本部で会議です。戻りは五時を過ぎますが」

「そう……」

この男に打ち明けてみるべきか、しばらく考えた。職員たちの受けもいいが、やはり責任者ではない。施設長の口から直接、聞くのがベターだろう。

結城はまたよろしく、と声をかけて、廊下の先にある相談室を見やった。まだ、人が入っているようだ。

その手前にあるジュースの自販機で、結城は缶コーヒーを買い求めた。相談室の脇でそれを飲みながら耳を澄ませた。

部屋で相談を受けている中谷悦子は、三十過ぎの感じのいい生活相談員だ。入居者の苦情を聞いたり、家族とのあいだに入ったり、病院につきそったりと、よろず請負人(うけおいにん)という立場にある。

……あざがあるんですよ。

結城は身を硬くした。

たしかに、そう聞こえた。中谷と対面している男の口からだ。顔は見えない。

「……母を外出させようと思って着替えさせたんですよ。そうしたら、このあたりにあざがあるわけ」男は続けた。「肌着を脱がせたら、あちこちにあるんです。で、母に、『だれかに殴られたの?』って訊いたんですけど、ろくすっぽ答えないし」

「ベッドに移るとき、自分で傷つけちゃったのかもしれないですね」中谷の声だ。「車イスの取っ手のところに、パッドを貼っておきますから」

「それとはちがうと思いますよ、あれは」

「介助の職員がちょっと強くつかんでしまったのかもしれないですね」

「そうですかねえ……看護師の五十嵐さんは？　母から、あの人、怖いから言いなりになってるとかいう話を聞きますけど」

「こんど、調べてみましょう」

「お願いしますよ」

デイルームに戻り、玄関の見える位置に立つ。

中谷と連れだって、ハーフコートを着た男が現れた。面談していた男だ。五十前後だろう。小太りだ。

玄関から出て行く男のあとを追いかけて、結城も外へ出た。

駐車場の手前で声をかけた。男はいぶかしげな顔で、結城をふりかえった。

結城は自分の父親もこの施設で世話になっていることを話し、中谷と話し込んでいた中身がつい聞こえてしまい、気になって声をかけさせてもらったと言った。

男は硬い表情をくずさず、しぶしぶ口を開いた。

「うちの母が暴力を受けている……そんなこと言った覚えはないですけど。あの、失礼ですけど、おたくさんは？」

「うちのおやじはデイサービスだけなので」

と結城は答えをはぐらかした。

「うちの母は認知症が進んでいましてね。それで、中谷さんに相談に乗ってもらっただけですから」

「ほかの入居者とトラブルを起こしたということではないですよね？」

「めっそうもない」男の目の色が変わった。「どこでそんなことを聞きつけたんですか？」

「そういうことではなくて」

「ヘンな噂を立てられたらかなわないなあ。あなた、ほかの職員に言いつけてませんよね？」

「してませんよ、なにも」

「万が一、聞きつけられでもしたら、ここを追い……」

そこまで言うと、男は口をつぐんだ。

追い出されてしまう……と言いたかったのか？

いまさらほかの施設に行けるはずもないと思っているのか。

結城は離れていく男の背を見ながら、背中のあたりに冷たいものが走った。親が暴力をふるわれても、いまさらよそへは移れない。死ぬまで、じっと我慢するしかない。

――おたくの老人の面倒を見てやっている。文句があるなら、引き取ってもらってけっこう。いざとなれば、施設側はそう出るというのだろうか。

結城は苑内に戻り、それとなく中谷から男の名前を聞き出した。

男は栗下勇（くりしたいさむ）、入居している母親の名前は、栗下くめといった。

栗下勇が面会に訪れたのは、半年ぶりのことだったらしい。

相談員の中谷は、なにか知っていると思われた。直接、中谷に確認するわけにはいかない。しかし、少なくとも被害者のひとりは特定できた。栗下くめの周辺を洗ってみれば、なにかわかるだろう。

４

五月三日月曜日。

「三人の被害者が特定できました」

結城は言うと、メモを生特隊副隊長の内海にわたした。

木村アキ、七十一歳。要介護度４。

寺沢よしえ、七十五歳。要介護度４。

栗下くめ、七十三歳。要介護度４。

その三人だ。

続けてカラー写真を一枚、机に置いた。

右肩のあたりにできた赤黒いあざが写っている。

「寺町が撮りました。暴行を受けた木村アキさんの傷痕（しょうこん）です」

内海は写真を手にとったものの、一瞥をくれただけで、もとに戻した。

「おまえのおやじさんも、風呂場で虐待を受けた痕のある人を見つけたんじゃなかったか？」

「それは確認しました。リフトで吊り下げる部分が当たってできた傷のようです。お年寄りの皮膚は弱くなっていますから、硬いものにちょっとでもぶつかると、すぐに傷ついてあざができたりします。職員たちは剝離という言葉を使っていますが」

「ふーん」

ゴールデンウィークの中日に部下から呼び出しを受けて、面白くないのだ。

報告をすませると、結城は副隊長室を出た。

心配そうな顔で待機していた寺町に写真をわたして、係員のいる部屋に戻った。

「副隊長からなにか？」

石井が結城の様子を見て、声をかけてきた。

「いや、なにも」

「じゃ、捜査は続けるということですね」

寺町が言った。

結城は咳払いをして、

「むろんだ。ホシを見つけるまで、手を引かん」

「さすが、班長。それにしても、マチ子、よく撮ったな」

写真を手にした小西が調子づいて言った。

「苦労したんですから」

と寺町。

「で、この写真の木村アキは、犯人の名前を言わないのか？」

石井が訊いた。

「それがまったく。この写真もわたしが襟元をのぞき込んだとき、見つけたんです。ほかのふたりも口を閉ざして語りません」

「女ばかりですね。栗下くめは二階の住民ですか？」

石井が結城に訊いた。

「いえ、三階の個室に。軽い脳梗塞で車イスに乗っています。足も使って、自力で動けますけどね」

「全員、車イスですね」

石井が言うと、寺町の顔を見やった。

「そうです。それも介護用じゃなくて、自走式の」

寺町が答えて、結城の顔を見た。

「そうだったな」

「もともと、ご老人なんですからね。おまけに手のかかる車イスに乗ってるし、刃向かってきたら、つい手が出るんじゃないですか」

小西が想像を口にした。結城も多少は賛同した。

「それにしてもみなさん、お若いですよね」

寺町が言った。

「若い？」

と小西。

「七十一歳から七十五歳ですから。施設では若い部類に入りますよ」

「そういえばそうだな。もっと歳のいった高齢者のほうが狙われやすいんじゃないか？」

「虐待されやすいっていうことですか？　歳は関係あると思えませんけど。それに、この三人のうちふたりは、以前は職員に車イスを押してもらわないと動けなかったんですが、看護師の指導もあって、自分の力だけで車イスを動かせるようになったんですよ」

「看護師って五十嵐俊子さん？」

結城は訊いた。

「はい。熱心に指導したみたいです」

「そうか……」

栗下くめが怖いと言っていたのは、そのことだろうか。

「班長、ほかに被害者はいないんですか？」

石井が訊いた。

「わかっているのは、この三人だけ。全員、三階の住民です」

「二階の認知症の入居者は虐待を受けていない？」

「おそらく」

結城は言った。

「そうなると、犯人は三階を担当する職員ってことになりますかね？」

小西が訊いた。

「この特養は職員が特定の入居者を担当するユニット型ではありません。全員が毎日、ちがう勤務時間でローテーションを組んでいます。決まった職員だけが三階の人たちと接するということではないですね」

寺町が答える。

「じゃ、職員全員が容疑者なわけだ」

「そうなるかと思います」

「三階の人って、そこそこ自分で動けるし、デイルームやほかの部屋にも顔を出すってことだよね？　だったら、そこで実習生とかボランティアと出会って、暴力をふるわれる可能性もあるな」

「ようするに、バイトやボランティアを含めて、だれにでもチャンスがあるわけですね」

小西がまた寺町の顔を見やった。「でも、あえて職員に的を絞ったらだれになる？」

「気になる人がいます」

寺町が結城の顔をのぞき込んで言ったので、うなずいた。

「桃原久子というワーカーがいるんですよ。三十歳で、半年前に赤ん坊が生まれたばかりなんですけど、陰でズル子って言われていて、ときどき、すごい手抜きをするんです」

「どんな？」

「汚物が漏れないように、オムツを二枚重ねて穿かせたり。流動食は毎食、きちんと食べさせないといけないんですけど、この人の場合、いつも、けっこう残っているんです。それを平気で捨てたりするし」

「プライベートも仕事も、オムツと流動食で、いやになっちゃってるんじゃねえ？」

横柄な口をきいたので石井がすかさず、小西の頭をこづいた。

虐待を受けているのは女性、もしくは抵抗できない人に限られている。女性による虐待の線も考えられた。

「やっぱり、個室で暴力をふるうわけ？」

石井が訊いた。

「どうでしょう？　班長はだれか心当たりは？」

「あえて言うなら……腕っ節の強そうなのがひとりいるな」

結城はワーカーの馬場直道（なおみち）のことを話した。機械浴をしていたときの様子がどことなく手荒（てあら）な印象を受けたのだ。

「相談員の中谷とかいう女性、虐待する人物の目星がついているんじゃありませんか？」

「気づいていても、どうだろう」

結城は寺町の顔を見やった。

「デリケートな問題だし、訊いても教えてくれないと思います」

と寺町。

「とにかく、木村アキ、寺沢よしえ、それから栗下くめの三人だ。もう一度、彼女らから聞き出してみてくれないか？」

結城が言うと寺町はうなずきながら、

「わかりました。今晩も行きますから、訊いてみます」

「たのむ」

「しかし、虐待はいつはじまったんでしょうかね？」

と石井があらたまった感じで訊いた。

「たぶん、この半年ぐらいか……」

「班長、これは肝心なことですよ。最初の被害者を特定できれば、あとはするする行くかもしれないし」

「心得ました。そのあたりに注意しましょう」

「どっちにしても、被害者はわかったわけだし、次の段階に進まないといけないですね」

石井が言った。

「そうなります。この三人が虐待を受けている可能性があることを、施設長に話さないといけない」

「施設長が否定したらどうします？　それでも、市に通報しますか？」

「義務ですからね」

言ってみたものの、どこか自分でも歯切れが悪く感じた。

「それどころじゃないんじゃないですか？」小西が割り込んできた。「もうすぐ市の監査で、施設長はあわてまくっているようだし。マチ子、おまえ、使途不明金とか言ってたのはどうなんだよ？」

「くわしいことはわかりません」

石井は結城を見た。「使途不明金が本当だとすると、管理者サイドは、虐待どころじゃないかもしれないですよ。もし、使途不明金と虐待がダブルで市にばれたら、それこそ……」

補助金のカットぐらいでは済まされない。へたをすれば、施設の閉鎖にまで追い込まれるかもしれない。

「班長、どうします？　もう少し、様子を見てみますか？」

石井が言った。

「いや、もう待てない」結城は言った。「これ以上、事態を悪化させたくない」

虐待がエスカレートして行き着く先のことを結城は考えた。かりに虐待が原因で死亡者が出たとしても、施設側は死因を隠すはずだ。専門家の集団だから、それはたやすく行われるだろう。警察への通報はなされず、事件は闇に葬られる。そうなってからでは、遅いのだ。

虐待は親告罪ではないから、証拠さえ見つければ、傷害罪で検挙できる。そうなれば、施設の評判は落ちるだろう。それでも、待機している老人は多いのだ。評判を持ち直す日は、きっと来る。荒療治もやむをえない。

腕を組んで考え込んだ石井に向かって、小西が発破をかけるように、

「あれ石井さん？　振り込め詐欺はどうでもいいんですか？」

と訊いた。

「それなんだが」石井が、おもむろにしゃべり出した。「諸井千代の子どもに会って話を聞いてきたんですけどね」

「息子は何歳でしたっけ？」

結城が訊いた。

「諸井敏郎、四十八。練馬でこぢんまりしたリフォームの店をやってます。従業員がふたりだけのね。姉のほうは千葉の市川市に嫁いでいます」

「姉は母親が引き出した一一〇〇万のことはなにか言ってましたか？」

結城が訊いた。

「そんな貯金があったなんて、知らなかったって言うんだな。詐欺に引っかかるくらいなら、早いとこ、金をくれればよかったんだって、すっかり振り込め詐欺だと信じ切ってますよ」

「息子はまだ詐欺だと言い張っているわけ？」

「ええ、しらばっくれてね」

「振り込め詐欺犯というのは、その息子の名前を騙って、金が至急、必要になったとか言ったんじゃなかったでしたか？」

小西が訊いた。

「母親はそうだと言ってる。この敏郎という息子、事件当時はまさに、その状態だったんだよ。工事が済んだ物件の持ち主の会社が二月の頭に倒産してね。七百万近い工事代金が未払いで、給料も出せるかどうかっていう瀬戸際まで追い込まれていたし」

「それをばあさんは知っていた？」

「三月の前にも一度、金を貸してくれないかって、無心に行ったみたいですね。去年の暮れに」

「やっぱり」

「そういえば、諸井敏郎が来たときのことを介護主任の兼田が覚えていたな」結城が言った。「なんでも、その日、息子が施設をはじめて訪れて、だれなのかわからなかったって。三十分くらい母親の部屋にいただけで、すぐ帰っていったということだった」

「そのとき、母親から金をもらうときの算段を話し合った？」

「かもしれないね」

「それまで、一度も母親のいる特養を訪ねなかったんですか？」

「兼田はそう言ってました。諸井千代は介護認定も、入所の申し込みも、ぜんぶ自分ひとりでやったそうなんですよ。永尾が感心して言ってましたね」

「敏郎の店のほう、いまは大丈夫なんですか？」

　小西が訊いた。

「銀行に必死で頼み込んで、当座の運転資金は借り入れたと言ってるけどね。そんなに簡単に銀行が用立ててくれるとは思えない」

「やっぱり、母親の金か……。姉のほうは？」

「ここ四、五年、顔も見たことないって本人が言ってた。小さい頃から、弟ばかりかわいがって、自分はのけ者にされていたって、いまでも根に持っているらしいし」

「情けない話だなあ。——親知らず、勝手に生きて、死んでくれ」

小西が下手な句を詠んだ。

「諸井千代って、どんなばあさんなんですか？」

石井が訊いた。

「まあ、人の好さそうな老人ですけどね。どうして？」

「虐待の餌食になってもよさそうだなって思って」

結城もそれは感じていたのだ。

「調べてみますよ」

「でも、被害者はまだほかにいると思いますし」寺町がひきとった。「まだ、調べがはじまったばかりですから、これから増えるかもしれないです」

「小西、おまえも仕事が増えたな」

石井が声をかけると、小西は目を丸くした。

「え、なんのです？」

「使途不明金だ。聞いてなかったのか？」

「高齢者虐待事案の内偵ですよ。そんなことまで首を突っ込むことはないじゃないですか？」

「足りない脳みそを使ってよく考えろ。おそかれ早かれ、市への通報はしなきゃならんだろうが。そうなれば市は立ち入り検査をして、虐待の事実確認をとる。そのとき、施設側とうちが対立する場面が出てこないとも限らん」

「そのときの脅し文句に、使途不明金を持ち出すって？」

「おまえ、大学で簿記は特優だったと自慢してたな。腕の見せどころだぞ」

「そんな……」

小西は情けない顔で結城を見た。

「少し探りを入れてみてはどうだ？　決算書を手に入れるくらいはできるだろ？」

「それくらいなら、まあ」

「あんがい、虐待の線も浮かんでくるかもしれんぞ」

石井がからかい半分に口にした。

「どこからです？」

小西は困惑顔で言い返した。


同じ日の午後。

結城は食い入るように書面に目を通している施設長の小野田の顔を見ていた。ここは事務所ととなり合っている施設長室だ。結城と小野田以外に人はいない。

書面には虐待を受けていると思われる三人の入居者の名前が記してある。

小野田はしばらくのあいだ眺めてから、神妙な面持ちで結城に書面を戻した。

結城は釈然としない感じでうけとった。もっと驚いて狼狽するかと思っていたが、意外に冷静なのだ。

「この三人が……虐待ですか」

小野田は言った。

元は市の役人だったためだろうか。事務的にさらりとかわされた感じだ。

「その可能性があるんですよ。ご存じありませんか？」

「……いきなり、そう仰られても困りますなあ」

「決して、当てずっぽうに申し上げているわけではない。このお三方の身体をご覧になっていただければわかるはずですが」

「身体を？」

「ええ、虐待を受けたときのあざが残っているはずです」

「そう言いましても、ご承知のように施設のご老人がたの身体は、デリケートですからね。あちこち傷だらけですよ」

結城はいらついてきた。もう少し、腹を割って話してくれるだろうと思っていたのだ。

このまま、認めないで済ますつもりのようだ。

「施設長、これは犯罪行為そのものなんです。人の命が関わっている重大なことなんですよ」

結城は強い口調で言った。

「ですから、どうすればいいんでしょうね？」

話にならないと結城は思った。元公務員の気の小さな男だから、少し脅せばなんでも認めると思っていた。それがどうだ、このざまは……。

「施設長、じかに三人から話を聞いていただけませんか？」

「わたしの仕事はケアじゃありませんけどね。いいでしょう、わかりました。わたしのほうから注意しておきましょう」

「注意ってだれに？」

「ですから、このお三方に、くれぐれも気をつけてくださいと申し上げるしかないですな」

「そんなつもりで、このことをお伝えしたわけじゃない」結城は語気を荒らげた。「こと、ここに至ってしまっては、わたしとしても市へ通報しないわけにはいかない」

市の名前を口にしたとたん、小野田の顔色が変わった。

「本気ですか？」

おまえの父親を預かっているではないか。その施設に対して、恩を仇で返す気かと言いたげな口調だ。

「法にのっとって、手続きを進めるだけのことです」

「……そんな杓子定規なことを。ろくに調べもしないのに、うちの職員が犯人のようなことを言われたら迷惑千万だ」

「では訊きますが、虐待だと確認できたら報告していいんですか?」

「いや、そうじゃなくて」

「施設長、ひょっとして、あなた、犯人を知ってる?」

小野田は大げさに手をふり、

「知らないですよ、知らない、知らない」

結城はじっと小野田の顔をにらみつけた。

「だったら、なおさら、犯人の尻尾をつかまえなきゃいかんでしょうが」

「犯人って……どうなんですかね、その言い方」

小野田はふてくされるように言った。

「こうしていても、埒があかない。いいですね、明日、市役所に行きますよ」

結城が席を立ちかけると、小野田が結城の肩に手をあてて、

「まあまあ、ちょっと、結城さん。落ち着いてくれませんか」

「もうお話は終わりました。市役所へ行きます」

結城が席を立つと、小野田の口から、

「そんな軽はずみなことを」

という侮蔑（ぶべつ）ともとれる言葉が出た。

「なんて言いました？」

「わたしとしても、八十名からの入居者をあずかっている身なんですよ。職員だって五十人もいます。みな、それぞれの生活があるんです。そのあたりのこと、一度でもお考えいただいたことがありますか？」

憤然（ふんぜん）とした口調で小野田は言った。

「考えるもなにも、虐待を見つけてしまった以上、通報する義務があるんですよ。さっきも言ったでしょ」

「どうしてもですか？」

「やらざるをえません」

「けっこうです。そのかわり、のちのちのことまで責任を持って対処していただけるんでしょうな？」

結城は椅子にすわりなおした。「のちのちのこと？」

「市に報告したあとのことです。ご想像できるでしょ」

警察からの通報だから、市も動かざるをえない。もし、虐待の事実が判明すれば、苑側はペナルティを科せられる。個人にだけならいいが、施設全体に科せられたらどうなるか。たとえば、閉鎖など。八十名の入居者を引き取るあてはあるのか？　職員の働き口を世話できるのか？

「なにも好きこのんでやってる事業じゃない。ひとりの入居者のバックには、それだけの数の家族が控えているんです。彼らになんと言えば納得してもらえますか？」

高飛車（たかびしゃ）な調子で言われて、結城は頭に血が上った。

「関係ないね。そっちこそ、腹くくったらどうだ」

小野田は、だだをこねる子どもを見るような目つきで、

「まあ、仕方ないですな。わかりました。結城さん、ひとつだけ、お願いがあります」

結城は相手の出方を見守った。

「今月の十日まで待っていただけませんか？」

「……市の監査の日まで？」

小野田は口を引き結び、頭（こうべ）を垂れた。

「このとおり、お願いします」

監査の前に虐待を通報されてしまっては、市の緑恵苑に対する心証は地に落ちる。監査に先だって立ち入り検査が行われ、徹底的なあら探しが始まるかもしれない。そうなった日には、確実に施設の業務がストップするだろう。

——十日まであと一週間。

結城はいまだに虐待をしている人物が特定できていない現状をあらためて思った。市の立ち入り検査が入ったとしても、はたして犯人を見つけることができるかどうか。被害者が犯人の名前を口にするか？　施設側が犯人を知っていたとして、素直に差し出すか？　目の前にいるこの男を信用できるか？

虐待をしている張本人がにらみをきかせるだけで、被害者たちは口をつぐんでしまうのではないか。

入居者たちが、ほかの施設に移ることなど、しょせん夢物語だ。

市の立ち入り検査にしても、どこまで強制力を持っているか疑わしい。だまっていても、老人が増え続けるご時世だ。市としても、大人数が入居している老人介護施設をいたずらに閉鎖に追い込むことはできない。閉鎖したとしても、入居者を移す代わりの施設などないのだ。

——ここは、犯行の動かぬ証拠をぜひとも手に入れておく必要がある。監査の日までに。

結城はそこまで考えて、おもむろに口を開いた。

「了解しました。十日まで待ちましょう」

「ありがとうございます。助かりました」

「その代わり、こちらもお願いがあります。聞いていただけますね?」

「はい」

「犯人をどうしてもあぶり出したい。それについては、異存はないですね?」

「むろんです」

「ついては、施設側の全面的な協力が要ります」

「なるたけご意向に沿うようにいたします……具体的には?」

「わたしともうひとり、捜査員がすでに内偵に入っているのはご存じですか?」

「どなたですか?」

結城は寺町由里子のことを話した。

「ああ、あのお若いかた」

「このことは、施設長、あなた以外に知られては困ります。いいですね?」

「ええ、だれにも言いません」

できれば、内偵人員を増やしたいところだが、おおぜいで入ると、犯人側に気づかれてしまう恐れがある。

「それから、きょうから夜も泊まらせていただきます」

「きょうから? 名目はなんとすれば?」

「外部の人間が泊まることはないですか?」

「入居者の親族が泊まることはあるけど」

「理由はそっちで考えてください。それから、日誌や介護記録、業務関係の書類も見せてもらいます。ほかの人の目に触れないよう、夜間にこの部屋でやりますから。いいですね？」

小野田は陰鬱（いんうつ）そうな顔でうなずいた。

その晩、帰宅すると、珍しく絵里が台所に立っていた。うしろの食卓で、益次がすっかりくつろいだ感じで夕刊を広げている。結城が席に着くと、益次は顔を上げて「お帰り」と言った。

きょうは妻の美和子が高校のときの同級生たちと、長野の善光寺（ぜんこうじ）に旅行に出かけた日であることをすっかり忘れていた。帰りは明日の午後だ。

「じいじ、きょうはお母さんがいない日だってわかってるみたい」

と絵里はいたずらっぽく言った。

いつもなら、食事の支度（したく）がととのうまで益次は自分の部屋にいる。それがきょうは、こうして食卓で待っているのだ。

結城は缶ビールを冷蔵庫からとり出して、立ったまま半分ほどあおった。

「お父さん、行儀悪い。すわってよ」

白菜を切っている絵里に言われ、結城は益次の正面の席に戻った。

ビールを飲みながら、施設長の小野田と話し合っていたときのことを思い出した。なんとも言えない気分がした。引くに引けないところまで来てしまった。しかし、事件解決の見込みは立っていない。小野田は口先では協力すると言っているが、虐待犯を捕まえることなど夢のお話ではないか……。

「きょうは、カキフライにしようと思ったんだけどね、予定変更してカキ鍋、あは」

土鍋に白菜やネギを放り込みながら、絵里が言った。

「いい、いい、なんでも。ね、オヤジ?」

益次は新聞を読みながら、うなずいた。

「ねえ、お父さん、こんど、わたし、じいじの通ってる、えっと……」

「緑恵苑」

「そこに行ってみたいなあ」

なにを言い出すかと思えば。

「学校は？　高い学費を払っているんだぞ。学業に専念しろよ」

「そうだ、わたし、こんど免許とるわ」おかまいなしに、絵里が続ける。「そしたら、じいじをクルマで送っていってあげられるし。そうだ、そうしよ」

「絵里、鍋、こっち持ってきなさい」

「カキはこれからですー。ちゃんと煮ないとね、じいじも食べるんだし。ということで、お父さん。自動車学校のお金、よろしくね」

結城は益次の様子をうかがいながらそっと立ち上がり、絵里の横についた。

「施設のことを言うな」

と耳打ちした。

「どうして?」

「いいから、早くカキを入れろって」

絵里は不服そうに、カキの入ったパックを包丁で切った。

5

六時半からはじまった夕食がようやく終わり、日勤のワーカーたちが続々と家路につくのを、寺町はデイルームから見守った。目立たないように、グレーのスウェットの上下だ。

食事が済むと男性の入居者たちは、ほとんど部屋に引っ込んだ。

廊下の手すりで車イスから降りて、屈伸運動をしている老女が目にとまった。

虐待を受けている木村アキだ。

「ちょっと、アキさん、大丈夫？」ワーカーの〝ズル子〟こと、桃原久子がやってきて、声をかけた。「心臓が悪いから、心配なんですよ」

「でも、五十嵐さんから言われてるし」

アキが小声でつぶやくと、桃原があきれた顔で寺町を見やった。

「看護師の五十嵐さん、けっこう厳しいんですよ。リハビリにはげめって」

また、その話か。

デイルームでは、ふたりのワーカーが残って食事の後片づけをしている。介護主任の〝レスラー〟こと兼田とはじめて見る若い女性介護士だ。髪をうしろでひっつめにしている。小柄で細身だ。動きがぎこちない。

「夜勤は三人ですか？」

「ええ。わたしと兼田主任は三階担当で二階が新人さん」

二階は認知症の進んだ入居者が多くいる。〝ズル子〟さんは、楽な三階か。

ガードマンと合わせて、職員は四人だけ。

まだ、夜ははじまったばかりだ。寺町の胸を不安がよぎった。今晩は江崎の付き添いということで、江崎の部屋に泊まることになっているのだ。

「新人さんがひとりで大丈夫ですか？」

寺町がデイルームの女性介護士を見やると、桃原が答えた。「そうですよね、先月入った新人だし。ちょっと心配」

「代わってあげたらどうですか？」

「えっ、わたしが？　むりむり。だって、配置を決めるのは兼田主任ですもん。困ったら兼田さんが行きます」

　寺町はデイルームに戻り、入居者たちとテレビを見て過ごした。

　九時になると、ガードマンがデイルームの明かりを消しに来た。老人たちはそれぞれの部屋に帰っていく。

　そろそろ、江崎の部屋に戻らなくては。

　寺町は階段を上った。いつも通り過ぎる二階で、うーんうーんという苦しげな声が洩れている。

　二階に足を踏み入れた。糞尿のきつい臭いが鼻を突いた。明かりが消えた廊下に、おかあさん、というせつない声も聞こえてきた。

　エレベーターが開いて、ストレッチャーを押す新人の女性介護士が現れた。

　どうにか廊下にストレッチャーを横付けすると、介護士は寺町をふりかえり、

「あの、ちょっとお願いします」

と言い残してエレベーターに乗り込み、パネルに鍵を差し込んで一階に下りていった。

　認知症患者の多い二階は、エレベーターは鍵がないと、開いていても動かないようにな

っているのだ。

ストレッチャーに横たわる老女の目がぎょろりと動いて、寺町を見つめた。細くて折れそうな手を胸元で重ね合わせている。ざんばら風に刈られた長い髪の頭皮は透けて見えた。がりがりに痩せた胸元にあばら骨が浮き出ている。

絶え間なく、ぺたぺたと廊下を歩き回る入居者のサンダルの音が聞こえる。

ようやく、新人介護士が戻ってきたので、三階に上がった。

木村アキの居室から桃原久子が出てきたところに出くわした。

「毎晩、部屋を見て回るんですよ」

桃原はドアを背にして小声で言った。

アキの部屋でこの女はなにをしてきたのだろう。まさか……。

寺町は目の前にあるドアを開け、アキの様子を見たい衝動にかられた。

「大変ですね」

「ドア開けるとき、ちょっとドキドキしちゃうし」

「どうして?」

「高齢者って、もしもってときがいつ来るかわからないでしょ? そう思うと怖くなるの」

夜勤はひとりで三十人近い高齢者の面倒を見るのだ。それが虐待に走らせてしまうストレスになるかもしれない。

「あ、またいる。ちょっと千代さん」

廊下のずっと先に、車イスがむこう向きで停まっている。桃原が駆け寄ると、車イスをUターンさせて、廊下を戻ってきた。

諸井千代を居室に連れていく。

桃原が見えなくなると、寺町は木村アキの部屋を訪ねた。

アキには何事もなかったようだ。五分ほど話し込んでから、廊下に出た。

桃原の姿は見えない。階下へ下りていく兼田の背が見えた。

寺町はいちばん奥にある立花スエの部屋に入った。それとなく、虐待に話を持っていくが、なかなか思ったようにいかない。徳永節子の部屋でもその話をした。

「虐待ねえ……木村アキや寺沢よしえはなにか言った？」

と徳永は好物のエビせんべいを食べながら訊いた。

「尋ねてみたんですけど、その話になると黙っちゃうし。栗下くめさんも虐待を受けていたみたいですね」

「かもしれないねえ」

やはり、徳永は知っているのだ。

「ねえ、徳永さん、あのふたりが暴力行為を受けているのはたしかですよね？　どっちが先にやられたのか、知りません？」

「あんた、どうして、そのことばっかり訊くの？」

夜の十一時を回っていた。廊下から、ごとごとオムツを運ぶワゴンの音が聞こえる。

オムツの交換の時間だ。三階にも寝たきりの人がいる。

「あ……ちょっと気にかかっただけですから。すみません。長居しちゃって」

寺町が腰を上げると、

「ねえ、明日って天気いいのよね」

と徳永が言った。

「と思いますけど、なにか？」

「植物公園、いいだろうなあ。ツツジが満開らしいよ」

外なら、徳永も話す気になるかもしれない。

「よかったら、外出します？　わたしといっしょなら、遠出はＯＫですよね？」

「わー、やったぁ、行ってくれるの？」

「はい」

徳永の部屋から出た。ふと思い出して、諸井千代がいた廊下の端に行ってみた。そこの窓ガラスごしに、風景を見やった。となりは広い畑があるはずだが、暗くて見えない。その先に民家の明かりがぽつんぽつんと見えるだけ。ひなびた夜景だ。こんなものを見るために、諸井千代はここにいたのだろうか。

　採光のため、窓ガラスは居室の窓よりも低い位置まである。腰のあたりまでだ。個室にあるようなベランダもなく、視界が広く感じられた。そのとき、耳をつんざくような警報が鳴り響いた。一階の玄関から、入居者が出ようとしているのだ。

　寺町は階段を駆け下りた。

「ね、戻ってよー」

　二階の廊下で新人介護士の声がしたので、そちらを見やった。薄暗い廊下で、ふたりの老人が徘徊している。新人介護士が必死で部屋に戻しているのだ。警報どころではないようだ。

　一階に下りた。玄関のところで、車イスごと、玄関ドアに体当たりしている老人がいる。車イスに取りつけられたセンサーが反応して警報が鳴っているのだ。

　兼田と桃原がふたりがかりで、車イスごと引きずるように後戻りさせると、ようやく警報が止まった。そのとき、ドアが開いて、体格のいいガードマンが現れた。

「外へ出ていった人はいません」

「わかりました。さ、おじいちゃん、いいかげんにしてよ。部屋に戻るよ」

　兼田が車イスの老爺に必死で声をかけている。

「出るんじゃ、出る。出さんか、ばかもーん」

と老爺は声を張り上げている。

「もう、だめ。何時だと思ってるんですか」

桃原がぴしゃりと言った。男勝りの声だ。老爺はとたんにおとなしくなった。

桃原の態度はふだんとは別人のようだった。

「あーあー、そこトイレじゃないよー」

兼田が大声を上げながら、自販機の脇にいる男性に向かって走っていった。

自販機のペットボトルのゴミ容器に小用をしているようだ。明かりの消えたデイルームの中でも徘徊する人影が見えた。きりがないと寺町は思った。

まだ肝心な用事が手つかずなのだ。日誌を見るという大仕事が。

そのことについて、ガードマンは了解済みだ。施設長室で見ることになっているが、よほど気をつけてやらないと、ほかの職員たちに知れてしまう。

でも、と寺町は思った。このぶんだと、入居者がいつ一階に下りてくるかわからない。

事務所に入るには、よほど気をつけなければ。寺町は階段を上った。踊り場まで来たとき、三階の廊下からバタンとドアを閉めるような物音が響いた。続いて、ぎゃっという悲鳴——。

寺町は階段を駆け上がった。音は三階の廊下のいちばん奥のほうから聞こえたのだ。

暗い廊下を走った。ずっと先の右手。居室のドアが開いて明かりが洩れている。あれは……立花スエの部屋ではないか。

スエの部屋まで到達したとき、そばにある階段の下から、駆け下りる靴音が伝わってきた。開いたままのドアの向こうで、車イスに乗ったスエが、寺町の左サイドを指していた。

「スエさん、だれかが入ってきたの？」

あいつ、という声がスエの口から洩れた。

寺町は階段を駆け下りた。スリッパの音ではない。しっかり床下を蹴って走るリズミカルな足音。入居者ではない。力強い。男の足音のようだ。

いったい何者？　もしかしたら、虐待犯？

一階に下り立った。二人の職員とガードマンが徘徊していた三人の入居者の手を取って、エレベーターの前にいる。

「だれか下りてきましたよね？」

声をかけてみる。三人はなんのことか、わからない様子だ。

そのとき、デイルームの奥のほうから、乾いた音がした。

ぱたん。

窓を開けた音？

寺町はその方向へ向かって駆け出した。デイルームの奥にある調理場の戸が開いていた。そこに走り込んで、厨房(ちゅうぼう)を見やった。道に面した窓が開いたままだ。

たぶん、あそこから出た。そう思って、厨房に入った瞬間、喉元に衝撃を受けた。そのまま仰向(あおむ)けに倒れ込んだ。苦しい。息ができない。

急いで走り去る足音が伝わってくる。

息ができないまま、床に伏せた。窓を乗り越えて外へ出て行く音がした。

……やられた。

心臓の動悸(どうき)が激しくなった。喉が締めつけられるように痛み、口の中がからからに渇いた。鳥肌が立ってくる。

おそるおそる半身を起こした。相手は部屋にはいない。勇気をふるって立ち上がり、窓際へ寄った。身を乗り出して、外を見やった。すぐ右手の道路の暗がりに走り去っていく男の影をかろうじてとらえた。

身体がなかなか動かなかった。不意うちを食らったときの恐ろしさが増幅した。

寺町は力をふりしぼって窓枠に身体を乗せた。窓枠を乗り越えて、植え込みの向こうめがけて飛び降りた。硬いアスファルトの地面に着地し、前のめりに倒れ込んだ。体勢を立て直して、男の消えた暗がりに向かって走り出した。

街灯のついた電柱まで、数秒を要した。そこから先は畑が続いて人家はない。暗闇だ。

五十メートルほど先の暗がりでエンジン音が響いた。黒いシルエットがいきなり道路に躍り出た。ヘッドライトをつけていない。うすぼんやりと切り返す車体が浮かび上がった。ミニバンのようだ。

クルマは闇に紛れ込むように走り去っていった。ナンバーすら読み取れなかった。いったい、あれはどこのだれなのか。寺町は息を切らせながら、シルエットが見えなくなるまで立ちつくしていた。

＊

寝入りばな、結城の枕元においてあった携帯が鳴った。寺町由里子からだった。壁時計を見た。十一時三十五分。不吉なものを感じながら携帯の通話ボタンを押した。

「わたしです」

寺町の声は、硬くこわばっていた。

「どうした？　なにかあったか？」

「たったいま……」

寺町は立花スエの部屋に謎の男が侵入し、追いかけたが逃げられてしまったと言った。

「男？　顔は見たのか？」

「いえ」

追いかけたものの、男に不意うちを食らって倒れてしまい、そのせいで距離を空けられたことを話した。

「泥棒か?」

「ちがうと思います。立花スエに会うために入ったのではないかと思います」

震える声で寺町は言った。

「マチ子、身体は大丈夫か?」

「はい」

「しかし、会うって……こんな時間に何事だ?」

「わかりません。ただ、そう思いました」

「立花スエはなにか言ってるのか?」

「なにも答えてくれません。虐待に関係している人間が侵入してきたと思います」

「立花スエは虐待を受けていないぞ」

「それはそうですけど……」

「きょうはもういい。江崎さんの部屋に入って休め」

「……そうします。あ、それから」

明日は、入居者の徳永節子という女性を連れて外出すると付け足した。

「それはやめておけ。無理するな」

「でも、約束ですから」

「うーん、仕方ない。早めに切り上げて本部に帰れ。入れ替わりに昼過ぎ、おれがそっちに入る。気をつけろよ」

「はい」

不安げな感じで寺町は答えた。

「きょうはもう、一歩も部屋から出るな」

結城は命令して電話を切り、枕元においた。

あの施設に泥棒など入るのか？　寺町が言うように、立花スエと会うために侵入したのか？　しかし、なんのために？　眠気が消し飛んだ。いますぐ苑に出向きたい気持ちだった。

＊

翌日。

昼前、寺町由里子は徳永節子の外出届を書き、ふたりして苑を出た。徳永は黒のインナーの上にゆったりしたカットソーを着込んでいる。寺町はストレートジーンズとニットパーカーだ。植物公園に行く道々、コンビニで弁当と菓子を買い込み、徳永は自分の家族のことを話した。

徳永の生まれは山梨で、戦中に甲府（こうふ）の専門学校で助産師の資格をとり、東京に出てきた。兄弟は四人いるが、ふたり亡くなり、いちばん下の妹は甲府の老人保健施設に入っているという。東京の病院に就職して、一度結婚したことがあるが、すぐに別れた。それ以来、ずっと独り（ひと）身だという。

植物公園はピンクのツツジが満開だった。大温室を見てから広大なバラ園に入った。こちらも見事だった。花の香りが届くベンチにすわり、弁当を広げた。

「すごいですね」

寺町は言い、わかめとじゃこのおにぎりを口に入れた。どうにか、食べることができる。今朝はなにも食べられなかったのだ。

「だろ。二五〇種類あるらしいよ」

徳永も明太子入りの卵焼きを頬張（ほおば）った。

「そんなに」

「ああ、十月にも咲くしね」

「そうですか」

寺町は、看護師の五十嵐俊子の名前を口にしてみた。すると、徳永は即座に、

「気になるかい？」

と言った。

「そうですね。けっこう、大きな声だなって、いつも見ていて思います」

「仕方ないよね、師長だから」

「しちょう？」

「看護師の師に長。ここじゃ、その上は施設長しかいないよ」

「そうなると、介護士の方々は？」

「師長の下に主任クラスの介護士がくるね。兼田さんとかの。その下にヒラの看護師がきて、さらにその下にふつうの介護士がくる。その下はなんだと思う？」

「ガードマンとか？」

「ちがうちがう。入居者。そういう階層ががっちりできあがってるんだよ」

警察とちがって、階級などはないはずだが、よろず、三人いる看護師はワーカーに対して命令口調で話すのだ。ワーカーといっても、兼田のように介護福祉士の国家資格を持つ人もいれば、ヘルパーの資格さえ持たない人もいる。それとちがって、看護師は数も少ないし、引く手あまただ。医療のプロとしてプライドがあるのかもしれない。

徳永が音をたてて野菜スティックをかじった。

「しかし、うまいね」

「野菜が苦手でしたね？」

「外だと食べられるわ。医者から根菜類とか海藻を食べろっていつも言われるんだよ。さてと、なんの話だっけ?」

「あ、例の虐待のことって……」

「聞きたいんだろ、それ」

「ちょっと知りたいかなって」

「三人がやられてるのは本当だよ。寺沢と木村と……」

「栗下くめさん?」

「うん」

「やっぱり」

「あんた、三人について、どれくらい知ってるんだね?」

寺町は言葉につまった。話はしたことはあるが、虐待の話に水を向けると、すぐかわされてしまっているのだ。それぞれの昔の話なども聞いたことがない。

「あまり……知らなくて」

「知らなきゃ知らないでいいんだけどさ。三人とも、身内から大事にされてるってことはないね。まあ、栗下くらいか、たまに息子が見舞いに来るのは」

「寺沢さんと木村さんは?」

「寺沢よしえはああ見えても、宇都宮(うつのみや)で小学校の教頭までやった女だよ。旦那(だんな)は若いうちに亡くなってさ。子どももいないし、兄弟もなかった。木村アキは身寄りがいるって聞いたことがないね。なんでも、キャバレーに勤めていたらしくてさ。若い頃からずっと独身だよ」

「さみしい方々ですね」

「似たり寄ったりじゃないの。若い頃はいろんなことやって、家族も作ってさ、でも最後にゃ、ここに行き着くわけよ。先生でも水商売でも」

トゲのある言い方だ。

寺町はプレッツェルを口に入れた。

「みなさん、車イスで自力移動できますよね」

徳永は神妙な顔つきでうなずいた。

――なにか、まずいことを言ったかしら。

「あの、徳永さん、どうかしましたか?」

「よく気がついたね」

おかしなことを言うと寺町は思った。

「なにか、そのことと虐待が関係しているんですか?」

徳永は返事をせず、

「栗下だよ」

と口にした。

「栗下さんが……なにか？」

「去年のクリスマスごろだった。息子の家に三日間くらい、泊まりに出たんだよ。聞いてないかい？」

「はじめて聞きましたけど、なにか？」

「そのあとだよ。栗下が帰ってきたときだ。部屋に入ったと思ったら、血相変えて飛び出して来たんだ。なんだと思って部屋をのぞき込んだんだよ。もう、部屋じゅう、ぐちゃぐちゃでさ」

「泥棒に入られたんですか？」

「なにひとつ盗まれていなかった。ただ荒らされていただけなんだ」

「でも、どうして？」

「知らないよ、こっちが訊きたいくらいだよ。でもさ、わたしが思うに、あれって嫌がらせだったと思うね」

「仲の悪い人がいたんですか？」

「いや、栗下は見てのとおりだよ。天真爛漫(てんしんらんまん)でさあ。人がいいからね。敵なんていやしないよ。でも……」

ふっと徳永は遠くに視線を向けた。

それきり、徳永は口をつぐんだ。

「なんの嫌がらせだったんでしょうね……」

「決まってるだろう。丸三日も外へ出たんだから」

「でも、身内の家なら、外泊してもいいんですよね？」

「もちろんだよ。いいに決まってるじゃないか」

「だったら、どうしてそれが嫌がらせの元になるんですか？」

「だから、わたしの想像だって言ってるじゃないか」

強い口調で言われて、寺町は反論するのをやめた。

「それがあんたの質問の答えだよ」

「……最初に虐待を受けた人？」

徳永はうなずいた。

「その部屋荒らしがあってから、虐待がはじまったということですか？」

「答えたとおりだよ」

やはり、栗下とは元々、そりが合わなかった人物の仕業ではないだろうか。それで、栗下が留守をしているあいだに、部屋をひっくり返した……。栗下の交友関係を洗い直せば、犯人が見つかるかもしれない。

ふと、寺町の脳裏に昨夜、三階の廊下で、窓の外を見ていた諸井千代の姿が浮かんだ。

どうして、あんなさみしい風景を見ていたのだろう。

「まだ、なにかあるのかい？」

徳永が自分の顔をのぞき込んでいるのに気づいて、寺町はいま、疑問に思ったことを口にした。

「それかい」徳永が思わせぶりな感じで言った。「千代だけじゃないさ」

「……っていうとほかにも？」

「だから、あんたがしきりと気にしてる連中もだよ」

「えっ、木村さんと寺沢さんと、栗下さんも？」

そういえば、三人も諸井千代と同じように、自力で車イス移動できる人たちだ。

「さ、ぼちぼち行こうか。あまり遅くなると、また外に出してもらえなくなっちゃうから」

そう言うと、徳永は腰に手をあて、どっこいしょっと言いながらベンチから立ち上がった。

*

結城は緑恵苑の駐車場にクルマを停めて、近所を歩いてみた。侵入者がクルマを停めていた空き地を見てから、苑に入った。三階まで上り、廊下を歩いた。二階も同じように歩いて一階に下りた。変わった様子はない。寺町はまだ、植物園から帰ってきていないようだ。

デイルームは入居者が集まり、昼食の準備がはじまっていた。

結城は息をととのえ、気分を新たにして中に入った。

顔見知りのワーカーと挨拶し、入居者にエプロンをつけてやった。おしぼりで手をふいてやり、お茶を出して、名前の記されたトレーを配った。

「結城さん、お箸、お箸」

だれかれとなく、用事を言いつけられ、そのたび、結城はこころよく応じた。

侵入者に入られた立花スエの様子をちらちらとながめた。きょうも、ふだんと同じように、ワーカーの福塚夕子が介助する車イスに乗って現れたのだ。

立花スエは、どことなく以前とちがっていたように見受けられた。

そういえば、と結城は思った。

いつも食事時に、必ず出るフレーズが出てこない。稲荷寿司を食べたい云々（うんぬん）の、あの呪文（じゅもん）。

「結城さん、すみませんねえ」

福塚に声をかけられた。

「いえいえ、これくらい」

「おじいちゃんのほうへ行っていただいて、けっこうですよ」

益次はデイサービスを受けている老人たちとともに、離れたテーブルで食事をとっていた。こちら向きですわり、日本髪を結った、小唄の師匠のような小粋で品のある老女と談笑している。大勢で食べる食事はデイサービスの楽しみのひとつだが、益次の機嫌がいいのは、この今井雪乃という女性の存在が大きいようだ。

「大丈夫ですよ、おやじはひとりで食べられますから」

食事が終わりかけたころ、寺町が外出先から戻ってきた。

結城は寺町を廊下に連れ出した。

「まだ、いたのか」

「すみません」

「喉は大丈夫か？」

「はい、なんともありません。公園で徳永さんからいろいろと聞けました」

「それはいい。本部へ帰ったら聞くから」

結城は言うと、立花スエの呪文について尋ねてみた。

「ああ、そういえば……今朝の朝食のときも、スエさんの〝お稲荷さん〟は出てきませんでした」

と寺町は言った。

「昨夜は？」

「言ってました。テーブルにつくと、子どもがだだをこねるような感じで」

「そんなに？」

「はい、三時のおやつのときから、なんべんも、お稲荷お稲荷って。馬場さんに何度もしかられて」

「でも、今朝は言わなかったんだな？」

「はい、変と言えば変ですよね」

「昨夜の賊と関係あるかな？」

「うーん、どうでしょう……ショックを受けているのかしら。なにか、スエさん、言ってませんか？」

「まだ、訊いていない。これから、ひとりになったとき、タイミングを見計らって訊いてみる。スエさんて、まだ認知症は出てないよな」

「のはずですけど。それより、班長、夜のことですけど……」

「わかってる。なんとかしてみる。とにかく、早く本部に帰って休め」

　昨夜、寺町は施設長室で日誌類を調べることができなかった。施設は夜間、だれかが常に起きて徘徊したり、もめ事を起こしているのだ。

足早に去っていく寺町を見送り、デイルームに戻った。

食事が終わり、ワーカーたちが後片づけをしていた。

「夕子さん、ちょっといい？」

結城は福塚に声をかけて、ほかのワーカーから離れた壁際に寄った。

「忙しいとこ、ごめんね」

「いいですよ、なんですか？」

「大したことじゃないんだけどさ、ここの給食のメニューのことで」

福塚は表情をゆるめて、

「デイサービスのほうのメニューですか？」

「いや、そっちじゃなくて、入居者用のメニューなんだけどさ。お節介なようだけど、稲荷寿司は出さないの？」

福塚はつかの間、困惑した表情を見せた。「いいえぇ、出しますけど……変ねえ」

「なに？　どうかした？」

「そういえば、出てないわ……ねえ」福塚は近くにいた四十がらみの女性ワーカーに訊いた。「最近、稲荷寿司って出てないですよね？」

ワーカーはテーブルを拭く手を止めて、福塚に向き直った。しばらく考え込んでから、

「うん、そういや、ないかな」

そう答えるなり、またテーブルを拭きはじめた。

「福塚さん、申し訳ないんだけど、献立表見させてもらっていいかな？」

「献立表なら、あそこにありますけど」

と福塚は一週間分の献立が書かれた紙の貼られた壁を指さした。

「あ、もう少しまとめて、できれば半年分くらい」

「そんなに？」

「悪いけどお願いします」

福塚は怪訝そうな顔でとなりの調理室に出向いて、すぐ戻ってきた。

結城は手わたされたファイルを受け取り、部屋から出て、エントランスのソファーに腰を落ち着けた。献立表と書かれたファイルを開けてみた。

十五日分の献立が、一枚の紙に表示されている。稲荷寿司が出された最後の日は一月二十七日だ。その前は、一月十六日。さらにその前は一月三日。十二月も十一月も同じ。ほぼ、二週間に一度の割合で出されていた。しかし、どうだろう。一月二十七日以来、稲荷寿司はメニューから消えている。

アレルギーとか特別な理由でもあるのだろうか。そう思って、もう一度、福塚に訊いてみたが、そのような特別な事情はないはずだという。

「献立は栄養士さんが決めるんですよね？」

結城は訊いてみた。

「ええ、そうですけどなにか？」

福塚がいぶかしげな面持ちで答える。

「稲荷寿司はどうして、やめたんですかね？　見てみたら、一月二十七日以来、出されていなくて。わかります？」

福塚は頬をゆるめ、笑顔になった。

「へえ、そうだったんですか」

「あ、どうも、ちょっと気になると調べないと気が済まない質だもので」

「ふふ――ちょっと行って訊いてきますね」

福塚はまた調理室に出向いて、戻ってきた。

「仰ったとおり、ここ三ヶ月ほど出さなかったようですよ」

「ほう」

「メニューは一月分、まとめて作って、それに基づいて業者から食材を仕入れてもらうようになっているということなんですけどね」

「食材が入って来なかったから、作らなかったということ？」

「たぶん、そうじゃないかと思いますよ」

「ここの給食は外部委託でしたっけ？」

「いえ、独自に人を雇っていますけど」

外部委託の場合は、食材の仕入れもひっくるめて、ブラックボックスになっており、施設側は知らないだろう。

結城は礼を言って、ファイルを返した。


午後五時。

結城はマイクロバスに乗り込んだ益次を見送ってから、苑の中に戻った。

デイルームは人気（ひとけ）がなかった。江崎の部屋でしばらく時間をつぶした。夕食時になればまた、手伝うつもりだ。少し早めに出て、立花スエの様子を見なければ。しかし、と結城は思った。

施設長の小野田に、日誌類を江崎の部屋で見せてもらえないか、と頼み込んだが、小野田はがんとして応じず、入居者の個室に資料を持ち込んでもらっては困ると言い張られたのだ。

それはそれで、もっともなことだが、夜間にそれだけの時間がとれるだろうか。照明の消された一階で、ぽつりと施設長室に明かりが灯っているのを、職員にとがめだてされないだろうか。

深夜十一時半のオムツ交換の時間が終わると、結城は江崎の部屋から出た。三階の廊下に人はいない。一階に下りてみた。照明の落とされた空間に人の気配はなかった。

結城は警備員室のドアをノックして、ガードマンを呼び出した。ガードマンは去年まで清掃作業員として働いていた温厚な六十過ぎの小柄な男だ。施設長の言いつけをきちっと守る純朴なタイプ。

ガードマンとともに、施設長室に入った。持ち運びできるキャビネットに、ずらり日誌類や入居者のケース記録が並んでいる。日誌類は日ごとの入居者の様子が、ケース記録には、入居者個人ごとに、それぞれの生い立ちから家族構成、そしてケアプランや細かな日々の注意点などが記されているはずだ。

結城は木村アキのケース記録をとり出して目を通した。虐待で傷を負ったはずだが、それに関して医療機関に受診した記録はない。日々健康に過ごしており、高血圧ぎみなので血圧降下剤を服用とあるだけだ。ほかには、細々した食べ物の好き嫌いなどが書かれているだけだ。

問題行動を起こしたような記録もなければ、虐待をにおわせる記述もない。

寺沢よしえと栗下くめの記録も見た。虐待に関する記述や医療機関の受診記録はない。

三人のプロフィールを見てみた。三人とも、たしかに身内との縁が薄い。

分厚い日勤日誌や夜勤日誌も目を通した。日誌の最後に特異事項が記されてある。体調不良で機械浴を中止した入居者や、吐き気があり食事をとらなかった入居者の名前が書き込まれてあった。問題になりそうなのはそこだけだ。連絡事項にある三人の欄はほとんど空欄だ。まれに、シーツ交換したという短い記述があるだけ。

結城は頭を抱えた。来る監査では、これらの記録がじっくり調べられるにちがいない。入居者の家族も読むことのできる日々の活動の全記録なのだ。だからこそ、ここに重大な〝過ち〟は載せられない。良心的なワーカーが書いたとしても、それは消すように命令されるだろう。

結城はガードマンとともに事務所に戻った。懐中電灯で業務日誌類の入っている棚からファイルを二冊とり出して、再び施設長室に入った。ガードマンは一階の巡回をしますと言って出ていった。施設長の机にあるスタンドの明かりをつけた。

まず勤務表を調べた。どこの施設でもタイムカード方式が主流になっているのに、ここだけはまだ手書きで個人ごとの出勤簿に印鑑を押している。それらを総括した勤務シフト表も目を通した。

ふと、あることに気づいた。妙だ。ローテーション通りで行けば、休日のはずの人物が残業をしたことになっている。いずれ、もっと突っ込んだ調べが要るかもしれない。

続けて、業務日誌を見た。

虐待が疑われる記述は皆無だった。だめかと思った。介護記録や日誌類だけではとても、捜しきれない。やはり、職員の口から聞き出すしかない。あるいは、虐待している現場に踏み込む。しかし、それこそ無理な相談だ。虐待は密室の、人のいない空間で行われるものなのだ。

結城はふと、昼間のことを思い出した。稲荷寿司の件だ。毎月メニューに盛り込まれていたのに、二月から食材が入ってこなくなったというのが、どこかに引っかかっていた。支払い関係の書類を見てみれば、なにかわかるだろうか。使途不明金のことも頭をよぎった。専門家ではないから、書類だけで不正を見抜くことはできないと思うのだが。

ドアをノックする音がした。結城はスタンドを消し、反射的に立ち上がって、そちらをうかがった。のぞき込んでいるガードマンと目が合った。

「あの、ご老人がふたりほど、いますけど」

「徘徊？」

「ええ、いつもの人たちです」

結城は壁の時計を見た。蛍光塗料の塗られた時計の短針が午前二時を指している。

「ワーカーの人も下りてきた？」

「まだですけど、いずれ」

「わかりました。出ます」

結城は施設長室を出て、あたりを見やった。奥の自販機のあたりで、徘徊する人の影が見えた。もうひとりは見えない。事務所のカウンターの下に身を沈ませた。ちょうど、目の前に、支払い関係と背書きされた大きなファイルがあった。昨年度、つまりこの三月までに処理したものだ。手に取ろうとしたとき、ぺたぺたとサンダルの歩く音が近づいてきた。

まずい。

ここにいて、職員に見つかったら、只事ではすまされない。一刻も早く、江崎の部屋に戻らなくては。……しかし、見てみたい。この支払い関係の中身を。

結城はその場で、そっとしゃがみ込んだ。階段から足音がした。

「どこなのー」

ワーカーの声だ。徘徊者を捜しているのだ。

「あ、たぶんボイラー室に」

ガードマンの応じる声がする。

駆け足でワーカーがそちらに向かった。ボイラー室は入浴室から、さらに奥だ。

そのとき、館内放送のスイッチが入る音がした。

「三階です、入居者の容態が急変、チアノーゼ出てます。ガードマンさん、至急、ストレッチャー持ってきてください。ワーカーさん、応援お願いします」

ボイラー室のほうから人が走ってくるのが聞こえた。ガードマンとワーカーだ。徘徊老人の捜索はひとまずおいて、三階に駆けつけるのだ。

　ガードマンがストレッチャーをエレベーターに運び込むのを見てから、結城は支払い関係のファイルをとり出して、施設長室に入った。

　机のスタンドの明かりをつけて、ファイルを広げた。

　半分ちかくは人件費の支払いだ。ほかにも、雑多な紙類が分厚く綴じ込まれている。きちんとした領収書や、レシートをまとめて紙に貼ってあるもの、カラー印刷された介護用品のカタログまである。

　職員の手による支払伝票は、統一されたＡ４判の書式だ。下側に判を押す複数のマス目があり、処理をした人間がわかる。発注や支払いは、すべてネットだ。事務員に限らず、ワーカーも処理をしている。どれも、主任クラスのようだ。介護用品の支払いが多い。食材も同様だ。

　複数の業者に対して支払いが行われている。オムツなどは、一度に数十万円単位の支払いだ。介護士が処理しているものもあれば、事務員が処理しているものもある。いちばん手前のページに戻った。

　年間を通しての様々な品の、個別の発注量と発注先一覧が表にまとめられている。それをデジカメで撮影してから、もう一度、人件費の支払伝票を見てみた。そのとき、ドアがいきなり開いた。

結城は心臓が凍りつくかと思った。暗がりに目をやると、ガードマンの顔が見えた。胸をなで下ろした。

「あの、もういいですか?」

ガードマンが言った。

「すいません、終わりました」

結城はスタンドを消し、ファイルをたずさえて部屋を出た。暗いから、支払伝票を見ていたとは気づかれていないはずだ。すばやく元の場所に、ファイルを戻した。

「三階のほうはいいんですか?」

結城は訊いてみた。

「持ち直しました」

「それはよかった。よくあるんですか?」

「三日にいっぺんはあります。先月はふたり、亡くなったし」

「そうですか。では、部屋に戻りますから」

結城は手短に言って施設長室を出た。

6

翌朝。

結城は自家用車で生特隊本部のある富坂(とみさか)庁舎に向かった。寝不足だったが、気にかかることがいろいろあった。班専用の会議室に部下の顔がそろっていた。

「あ、お疲れです」

小西が軽い調子で挨拶してきた。

「所轄の宿直より骨が折れた」

椅子を引きながら結城が言った。生特隊は基本的に宿直勤務はないのだ。

「あの、班長、ずっと起きてたんですか？」

気づかうように寺町が訊いてくる。

「いや、寝たから大丈夫」

「昨日、徳永さんから聞いたことですけど」

「そうだったな。徳永さん、久方ぶりの外出で小学生気分だったんじゃないか」

「そうでした。わたしもつい」

「特養の、五月晴れかな、稚児(ちご)返り」

小西が下手な句を詠む。

「で、なにか話は聞けたか？」

「三つほど」

寺町は施設内での看護師と介護士の関係を話した。そして、去年の年末、栗下くめが息子の家に外泊しているあいだに、苑の居室が荒らされたこと。さらに、三階の窓のところに、虐待を受けている木村、寺沢、栗下の三人と諸井千代が車イスでたびたび、やってくるらしいと言った。

「三階の端？　広く窓をとってあるところか？」

「はい。わたしも、おととい、夕食が終わったあと、千代さんがそこにいて、外を眺めているのを見ました」

「おれも見た」

「千代さんがそこにいるのを？」

「オヤジを迎えに行った日に」

「夜？」

「いや、午後の三時過ぎだったと思うが。福塚さんがなにかあわてて、部屋の中に連れ戻した」

「わたしのときも同じですよ。桃原さんが急いで部屋の中に戻しました」

「そうか」

寺町はほかにも、徳永から聞いたことを話した。

「マチ子、おまえを襲った野郎が乗ったミニバンはどうだった?」

小西が口を開いた。

「それが……ナンバーが見えなくて」

「車種ぐらいわかるだろ?」

「わかりません」

「それくらいにしとけ」石井が口を開いた。「で、班長、日誌類は読めましたか?」

「見ることは見ました。介護記録や帳簿やら。ざっと目を通したけど、それらしいのは見あたらなくて」

「例の怪しいふたりが書いた記録は?」

ワーカーの桃原久子と馬場直道だ。

「もちろん、見た。それらしい記述はまったくなかった」

「虐待した本人が書くわけないですよ」

と小西。

「そう言いますけど、介護の現場ってほんとに大変なんですよ」

寺町が結城の顔を見ながら言った。結城もそのとおりだと思った。

「ほかに、なにか気になるものはありましたか？」

石井が訊いた。

「とくにこれといっては……」

書類を見た限りでは、疑わしいところはなかったのだ。もっとも、時間は限られていたが。

「小西、おまえなにかないのか？　それ見てどうなんだ」

小西は数枚の紙をつまみ上げて、結城の前にすべらせた。

緑恵苑の決算報告書だ。いちばん上にある貸借対照表を見た。資産の部合計は七億二〇〇〇万円ほど。資金の収支は、収入支出ともに、三億円を超えている。くわしい数字だが、捜査にはまったく役立たない。寺町が興味深げに、事業活動収支計算書を見ている。

「オムツ代って、この支出の中の事業費支出ですよね？」

寺町は支出欄を指さした。人件費支出が三億五〇〇〇万ほどで圧倒的に多い。事務費支出が四五〇〇万。オムツ代の入っている事業費支出は七八〇〇万だ。

「ま、それしかないね」小西が知ったかぶりして答える。「オムツ代がどうしたって？」

「看護師と事務の人がオムツが足りないとか言うのを聞いたので」

寺町はそのときのことを話した。

施設運営担当の永尾が注文したはずのオムツがまだ、届いていないというのだ。

「それで?」

と小西は訊き返した。

「小西さん、特養でオムツって生命線なんですよ。毎日六回も替えるんですから」

「そうか、そうか、失敬」

「どうかしましたか、班長?」

石井に訊かれて、結城は、

「ちょっと、使途不明金のことを思い出して」

「また、どうして?」

「支払伝票を見たときね。人件費をちょろまかせば、できるかなと思ったんですよ。でも、書類を見た限りじゃ、かなりシビアだったんで」

「書類だけじゃわかりませんよ」

「かもしれないけど……でも、オムツあたりならどうかなと思って。なんせ、一度に四〇万、六〇万単位の発注をかけてるし」

「班長、わたし、たしかめてみましょうか?」

寺町が言った。

「どうやって?」

小西が訊いた。

「入居者のパジャマが汚れて、その替えをとりに介護材料室に入ったことがあります。納入品が発注通りかチェックする確認用のメモがあって、物品の納入日ごとに数と金額が書き込まれていました。あれを見ればたぶん……」

「できるか？」小西が言った。「けっこうな数の職員がいるんだろ？」

「でも、たいていは動き回ってますから」

「そうか」小西は結城をふり向いた。「班長、使途不明金はいいとしても、肝心の虐待事案はどうすればいいんですかね。ヒントくださいよ」

結城は答えることができなかった。

「帳簿以外のことでも、なんでもいいですから」

「稲荷寿司の件はどうかしら」

寺町がふと思いついたように言った。

「立花スエさんの？」

結城が言った。

「はい。昨夜と今朝はどうでしたか？　彼女の口から、〝稲荷寿司〟は出ましたか？」

「いや、まったく出ない」

「理由を訊いてみました？」

「訊いたけどだめだ。まるで、人が変わったみたいだ。食事中も貝のように押し黙ったままだし」

「やっぱり、賊に押し入られたせいでしょうか……」

「ほかにないだろうな。でも、スエさん自身が被害を受けたことを認めない。困ったことだ。こっちも動けない」

「あの……スエさんて何者ですか?」

小西に訊かれて、寺町は、立花スエの人となりと、食事時は決まって稲荷寿司を食べたいと言っていたことを話した。

「ええ——それって、どうなんですか」

小西があきれたように言った。

寺町は結城の顔を見やった。

「班長、稲荷寿司のメニューって、どうだったんですか?」

結城は、稲荷寿司は二週間に一度の割合で出されていたが、一月二十七日を最後に出されていないことを話した。

「よっぽど、その婆さんは稲荷寿司に思い入れがあるんだな」小西が言う。「でも、食材が入って来なくなったら作れないね」

結城はノートPCを使い、デジカメで撮影してきた個別の品々の発注先一覧表を表示させ、それを三人に見せた。

小西は仕方なさそうにそれを見ながら、

「食材はこの四ヶ所から仕入れてるわけですね？」

と指さした。

結城は三つ目のイチマツというスーパーの名前を見て、ふと、その書類を思い出した。

「このイチマツというスーパー、たしか、振込口座の変更依頼書のようなものを出してたな」

結城が言うと小西が怪訝（けげん）そうな表情でふりかえった。

「支払い用の口座変更届？」

「そんな感じだったと思うが」

小西は腕を組んでだまり込んだ。

「小西、どうした？」

石井が訊いても、小西は答えなかった。

「あの班長、きょう、もう一度、緑恵苑に行ってみますね？」

寺町が言った。

「そうしてくれ。おれも、夕方行く」

「あと、五日ですね。監査まで」

石井がつぶやいた。

それまでに、なんとか虐待をしている人物を特定しなければならない。

小西は何事か、しきりと考え込んでいる様子だった。


小西康明は捜査車両で甲州(こうしゅう)街道を西に向かって走っていた。もう間もなく、調布駅前の商店街に着くはずだ。結城の話を聞いて、小西は少し気にかかるところがあった。

緑恵苑は食材を四ヶ所から仕入れている。支払い用の振込口座変更依頼を出したという店をのぞいた三つの店に、小西は電話を入れてみた。その三つの店は、油揚げを扱っているが、稲荷寿司用として卸(おろ)しているかどうかは、わからないということだった。

納入していたのは残る一店。イチマツというスーパーだ。

口座変更依頼を提出したというのが気にかかり、直接、訪ねてみようと思ってクルマを走らせたのだ。

信号待ちで停まっているとき、子犬を連れて散歩する人を見かけて、ふと部内の広報誌に載っていた警察犬の記事を思い出した。警察犬訓練所で生まれたばかりの子犬が五頭いて、その里親を募集しているのだ。小西が小学生だったころ、家で秋田犬を飼ったことがある。五年ほどでこの世を去ったが、もともと、実家の両親は犬好きだ。あの写真を見せれば、あるいは世話してもいいと言ってくれるのではないか。それにしても、あの写真にあったラブラドール・レトリバーはかわいかったな……。そんなことを思ってにやにやしていると、もう調布駅の北側まで来ていた。

店が立て込んでくる。カーナビが目的地に到着したという知らせを発した。そこで止まってあたりを見回した。どこにもそれらしい店はなかった。

右手の路地奥だ。えんじ色の壁面にイチマツの文字があった。こぢんまりとした町の総合スーパーだ。駐車場はないようだ。コインパーキングにクルマを停めてイチマツに向かった。

通りの先には、大型スーパーの看板が目白押しだ。イチマツは地元の客筋を相手にしているのかもしれない。

自動ドアをくぐって店内に入った。狭い通路だ。つきあたりにミートコーナーがあり、その横は鮮魚コーナーが続いていた。

鮮魚コーナーの陳列ケースにあるアンコウの切り身が目にとまった。薄ピンク色に輝いているそれを二皿買い求めて、陳列ケース越しに店員に警察手帳を見せ、店長を呼んでもらった。

店の幅は十メートルあるかないか。縦長の店で商品棚が二列しかなく食品が主だ。入り口近くにレジが三台あるが、客はふたりしかいない。

左手の戸が開いて、年季の入ったエプロンをつけた六十前後の背の低い男が現れた。長靴を履き、髪を短く刈り上げた風貌だ。

松田善一(まつだぜんいち)と名乗った店長に、警察手帳を見せ名刺をわたした。

松田はいぶかしげな顔つきで、名刺をにらんだ。

「アンコウうまそうですね」

と買ったばかりの包みを見せた。

「旬は過ぎてるけどね」

松田は言った。

「事件ということではないんですよ。少し、参考までにと思いまして伺いました」

言っても、松田は警戒を解いていない様子だ。店員のいない日用雑貨コーナーの前に足を運んで、小西と向かい合った。

「なにか?」

ぶっきらぼうに松田が口を開いた。

「こちらでは油揚げをお作りになっていますよね?」

松田はきょとんとした顔つきになり、

「油揚げ?」

と訊き返した。

「はい、油揚げです。稲荷寿司とかに使うやつですけど」

松田はぱっとひらめいたように、

「稲荷揚げのこと？」

と言った。

「稲荷揚げって言うんですか？」

「うちじゃ、そう呼んでるけどさ」

「ふつうの油揚げとちがいます？」

松田はイラっとした顔で小西をにらみつけた。

「おたく、稲荷寿司を作るための油揚げのことを言ってる？」

「はい」

「ふつうの油揚げって、見たことない？」

「みそ汁に入れるやつですよね？」

「あのでかいのにそのまま酢飯を入れれば、稲荷寿司になると思っていないかね？」

「そうですね……」

たしかに、ふつうの油揚げの中に酢飯を入れただけではできない。

「稲荷揚げ作りには、まず、油揚げをふたつに切るだろ。それから、熱湯で油抜きをしてから、みりんと砂糖としょうゆと酒を混ぜた煮汁を作って、そこに油揚げを入れてゆっくり煮なきゃいかん。うちなんか、夜、煮ておいて、朝になったらまた煮るんだよ」

「ああ、手間がかかるわけですね。で、こちらでお作りになったその……稲荷揚げですけど、特養ホームの緑恵苑におさめていらっしゃいますよね？」

「緑恵苑に？」

「ええ、すぐ北に行ったところにある」

「……してたよ」

松田は不機嫌そうに言った。

「いまは、おさめていないんですか？」

「やめたんだよ、この冬に。一月いっぱいでさ。見ればわかるだろう」

と松田はシートのかぶされた陳列ケースを見て言った。

「長いこと勤めてた調理人が痛風がひどくなってやめてさ。総菜コーナーはとりやめたんだよ」

「そうですか」

緑恵苑で稲荷寿司が出されなくなった理由がのみ込めてきた。ここで稲荷揚げを作るのをやめたからだ。ほかの三ヶ所のスーパーは、油揚げは納入しても、稲荷揚げは作っていないのだ。緑恵苑でも、手間がかかるから、ふつうの油揚げを稲荷揚げに作り直すことはしないはずだ。

「うちの稲荷揚げは、このあたりいちばんの味だったんだ。緑恵苑だって、七年前にできたときから、ずっとおさめてきたんだよ。ほかにも、コロッケとかひじきとかもさ。うちの味付けじゃなけりゃ嫌だっていう入居者が多かったんだ。長いつきあいだったから、それ以外にも野菜や肉やら、毎月、たくさんおさめさせてもらったよ。でも、煮物ができなくなって、ぱったり注文が止まっちまって」

「いまはもう、ひとつもおさめていない？」

「この二月から、キャベツひとつ、注文が入らない」

「それまではどれくらい取引があったんですか？」

「毎月、二〇〇万くらいあったんじゃないか」

「こちらは現金取引ですか？」

「口座振り込みに決まってるだろ。現金取引なんていまどき、あるわけないよ」

「ですよね。ちなみに、支払い用の振込口座を最近、変更されましたか？」

「いいや、変えてない。うちの口座はむかしっから、調布信金にひとつだけだよ」

奇妙なことだと小西は思った。班長の見た変更依頼書は、ほかの店のものだったのだろうか。確認する必要がある。

小西は緑恵苑あての過去の請求書と領収書の写しを借り受けた。松田の家族構成とイチマツの従業員名を聞き出し、参考用に松田の指紋を採取して店を出た。

クルマに戻り、すぐ結城の携帯に電話を入れた。

昼食がはじまり、ワーカーたちは食事の世話で忙しく立ち働いていた。寺町はこっそりデイルームを抜け出して、廊下の奥に向かった。仮眠室のとなりにある介護材料室に入った。畳二畳ほどのスペースに棚があり、シーツやパジャマなどがぎっしりとつめ込まれている。後ろ手にドアを閉めた。

プラスチックケースの上に置かれた確認用のメモを手にとり、広げた。

さまざまな物品の納品書が綴じ込まれている。その一枚一枚について、担当職員の検印が押されている。

ボールペンでオムツと書かれたラベルのところを開いてみた。三十枚ほど、まとまって納品書が挟み込まれている。検印欄を見てみた。おさめたのを確認した職員が押印する欄だ。看護師の五十嵐の押印と事務員の永尾の押印がほとんどだ。納入業者はひとつではなく、二ヶ所ある。

五十嵐の印鑑が押された納品書の直近の日付は、四月二十五日。十日前だ。同じく、永尾が押印した直近の日付は、三月二十六日。

ふと、寺町は先日、五十嵐と永尾の会話を立ち聞きしたときのことを思い返した。たしか、永尾は自分で発注をかけたと言っていたはずだが。

納入が遅れているのだろうか。それとも、五十嵐が代わって、納品書に印鑑を押したのだろうか。

ドアが細めに開いたので、寺町はあわててメモを閉じた。のぞき込んでいる結城と目が合った。

7

午後八時。生特隊本部の小会議室。

「なかなか、気が利くようになったじゃないか」

石井が煮えたアンコウを取り皿にとって、かぶりついた。

「長ネギだけじゃ、ちょっともの足りないかな」

と言いながら、寺町がぐつぐつ沸騰した鍋にアンコウの切り身をつぎ足す。

結城はネギを頰張りながら、メモ書きを見て口を開いた。

「スーパーのイチマツへの支払伝票をもとに、額を集計してみた。二月分と三月分がある。合計で三七三万円に達している」

「変ですね」小西がアンコウの骨と身をとりわけながら言った。「イチマツの社長によれば、二月以降は発注がなかったって言っているんですが。それでも、支払いはされていたわけですよね？」

「どちらが正しいか、いまの時点ではまだわからない。ただ、事実をありのままに知らせているだけだ。きょうの午後七時、緑恵苑で支払伝票のファイルを調べたら、いま言った二枚が見つかった。どちらも、事務員の永尾隼人が支払い処理をしている」

「振り込んだ口座は？」

「イチマツ名で出された振込口座変更依頼通知書にあった口座だ。大手の東和銀行の調布支店の普通口座。名義は松岡文夫だ」

「変ですよ。イチマツの松田店長によれば、口座は調布信用金庫にしかないと言ってるし、松岡文夫だなんて、親族にも従業員にもいません」

「銀行捜査をすればわかるだろ。しかし、班長、苑側がよく帳簿類を見せてくれましたね？」

石井がアンコウをかみながら感心したように訊いた。

「介護記録を見て、施設長も免疫ができているからね。職員が帰ったあと、こっそり貸してくれましたよ」

「施設運営担当の永尾には知られていない？」

「むろん。施設長の部屋で見ました。施設長抜きでひとりでね。いっしょに見ますかと訊いたら、遠慮すると言われちゃって」

結城はアンコウを口に放り込んだ。みそ味がきいていてうまい。

「面倒は、見ざるにこした、ことはなし」

小西が調子はずれの句を詠むと、石井が箸を持った手でその頭をこづいた。

「じゃ、使途不明金のこともあえて訊かなかった？」

「うちから口を出す筋合いじゃないですしね」

「で、そっちは」

と石井は寺町を見やった。

「はい。オムツの件ですが、班長といっしょに調べてみました。昨年度の一年間の購入額はぜんぶで九七八万円になります。看護師の五十嵐さんと事務員の永尾さんがネットで発注と支払い処理をしています」

「納入品の検収も？」

小西が口を挟んだので、寺町は、ひとこと、「そうですね」とだけ答えた。

「五十嵐さんも、永尾さんも、大手の介護専門卸店の八塚(やつか)商事に発注をかけていて、支払いもしてあります」

「八塚商事に確認はとった？」

小西は言いながら、大きめの切り身を選んだ。

「とりました。支払いは済んでいます。わたしも、班長といっしょに支払伝票を見て確認したんですが、問題は永尾さんの処理した分です。イーストケアという中堅クラスの卸問屋に、毎月発注をかけているものが見つかりました。そちらの合計は、七二七万円ほどあります」

「なるほど。で、支払いは？」

「ネットで支払い済みです。それは確認しました。でも……納入された形跡はありません」

「検収されていないってこと？」

石井が箸を置いて、いぶかしげに訊いた。

「そうです」

「ほかのところにしまってあるんじゃないのかな？」

小西がアンコウを食べながら訊いた。

「いいえ、ワーカーの確認をとりました。オムツは一階の介護材料室にだけ置いてあるそうです」

「イーストケアへの入金の確認はとったのか？」

「まだです。ただし、前々年度の口座とはちがっているみたいです」

「怪しいな」

「はい……ちなみに、前々年度のオムツの納入額を調べてみました。四四九万円でした」

「去年の半分じゃないか」

「ええ、寝たきりの入居者が二割ほど増えたのは事実のようですけど、それにしても多いと思います」

「大事だぞ、マチ子、それは」小西が言った。「こっちの支払い用の口座もチェックする必要があると思うな。ひょっとしたら、でたらめな口座かもしれない」

「それと、勤務シフトもおかしいと思った」結城が言った。「ローテーションでは休みの人の印鑑が出勤簿に押印されていたし」

「班長、疑いだしたらきりがないですよ。実際、どうなんですか？」

石井がそう口にしたとき、ドアが開いて、鑑識員が飛び込んできた。がりがりに痩せている。甲本明夫という生特隊専属の若い鑑識員だ。ふたつのビニール袋に入った紙を机に置いて、

「指紋、一致しました。珍しい突起弓状紋です」

と勇んで言った。

全員がおっと声を出した。

「永尾の指紋が濃くて助かりました」

甲本は永尾隼人の出勤簿をかざした。もう片方のビニール袋には、スーパーイチマツ名による振込口座変更依頼通知書が入っている。どちらも、結城が施設長の了解をとって借り受けてきたものだ。

今晩、結城が自宅へ帰りがけにもう一度、緑恵苑に立ち寄り、返すことになっているの

だ。

小西がその通知書に手をあて、

「じゃ、これから松田さんの指紋は、出なかった？」

「まったくありません。あるのは、永尾隼人の指紋だけ。薄いですが、ぜんぶで五つ採れました」

「ほかの人間の指紋は？」

結城が訊いた。

「まったくありません」

「じゃあ、この変更通知書は永尾隼人が書いたものと見ていいんだよな？」

小西がぞんざいに訊いた。

「そう見ていいかと思います」

「よし」

小西が小さくガッツポーズをとると、石井が、

「小西、あとはおまえが調べるんだぞ」

「わかりましたって」

小西はまんざらでもない顔で言った。

オムツのイーストケアとイチマツの振込口座へ実際に入金されているかどうかは、銀行

にあたればわかる。

「とにかく、この変更依頼通知書は永尾隼人が作ったと見ていいだろう」

結城は言った。

「……偽造ですね」

小西が小声で言った。

反論するものはいなかった。

「架空請求っていうやつだろうな。自分が勝手に作った口座に金を自分で振り込んだんだ。それにしても、小西、よく口座の変更依頼通知書で気がついたな」

「大学で習いましたからね」

「なんの授業だ」

「まあまあ、イッさん。それくらいで」

「あの、例の使途不明金っていうのも、もしかしたら、このふたつの架空請求が元でしょうか?」

寺町が訊いた。

「その可能性はあるな。永尾の給料の支払い口座と合わせて、銀行捜査をすればすべて、明らかになるはずだ」

「班長、永尾って何歳になりますか?」

小西が訊いた。

「三十五歳。府中のマンションで女房とふたり暮らし。子どもはいない。照会センターで総合照会をかけたが、前科はない」

「ギャンブル好き？」

「まだ、そこまで調べはついていません」寺町は言った。「事務員として働いていますが、ヘルパーの資格も持っていて、忙しい食事時なんかには、率先して手伝っています。なかなか感じのいい人です」

「その感じがいいっていうのがくせ者なんだよ」

と小西。

「明日は小西とイッさんで永尾関連の銀行捜査。わたしとマチ子は永尾の周辺をあたる。そういうことでいいですね？」

「わかりました」石井が言った。「どうした？　マチ子」

寺町はしきりと電卓をはじいている。

「気のせいかなと思って」寺町はそう言うと、また電卓を打ち出した。「やっぱり、同じなんだけどなあ」

「なにが？」

小西が電卓をのぞき込みながら言う。

「イーストケアとイチマツの振り込み額のトータル。一一〇〇万円になりますけど」

言うと寺町は結城の顔をうかがった。

「一一〇〇万……」

結城は口に出して言ってみた。はたと気がついた。

――諸井千代が被害にあった振り込め詐欺と同額ではないか。

石井と小西が同じことを言った。

「たまたまかなあ」

まだ、寺町は信じられないような顔で電卓をはじいている。

「マチ子、ほかにも架空請求はあると思うか？」

石井に言われて、寺町は結城の顔を見やった。

「どうだろうか」

結城は答えた。

「振り込め詐欺なんて、どうでもいいですよ」小西が言った。「まずは、架空請求があったかどうかを調べるのが先決じゃないですか」

「それはそうだが、しかし」石井が苦しげな顔で言った。「班長、諸井千代が一一〇〇万円を銀行から下ろしたのはまちがいないですよね？」

「調布署が調べた。千代が銀行で払い出しているときの映像もこの目で見た」

「どう考えればいいんだ――」

「どうもこうもありませんよ、石井さん、考えすぎですって。まだ、架空請求の端緒をつかんだに過ぎません。掘ればまたきっと出てきますって。それより、ほら、アンコウ煮えてますよ」

小西に言われても、石井の太い眉根は硬くこわばったまま、動かなかった。

8

翌朝。

結城は捜査車両のセダンの後部座席から、その小ぶりな三階建てマンションを見ていた。階ごとに五戸あり、ぜんぶで十五戸。各戸同士の間隔は狭く、窓は古いアルミサッシだ。グランデ府中と仰々(ぎょうぎょう)しい名前だが、茶色いペンキで厚く書き直されていて、かなりの年代物だ。

二階のいちばん手前の部屋のベランダに、洗濯物がつるされている。ほんの十五分前、永尾隼人が干したのだ。女性の下着もある。どれも、大人のものだ。

二〇一号室。あの部屋で、永尾は妻の紀美子(きみこ)とふたり暮らしをしている。家事を分担しているのだろうか。

運転席に寺町が乗り込んできた。大家へ聞き込みに出向いていたのだ。大家はすぐ近くにある農家だ。

「奥さん、どうですか？」

寺町もマンションを気にしながら訊いた。

「まったく出てこない」

「やっぱり」

「どうかしたか？」

「あ、はい。永尾一家がここに引っ越してきたのは、去年の六月だったそうです。それまでは、立川にある高層マンションに賃貸で住んでいたそうなんですよ。かなりグレードの高い」

「家賃がきつくなったのかな？」

「そうじゃないかなって思います。ここは１ＤＫで家賃は月、六万円ですから」

「クルマもおんぼろだった」

すぐ横に駐車場があり、永尾はそこに置いていた古いセダンに乗って出勤していったのだ。

「奥さんは働きに出ていないらしいです」

「専業主婦？」

「はい」

「さっき、永尾本人が洗濯物を干してたぞ。できた旦那ということか？」

「わかりません。日中もほとんど奥さんは見かけないそうです。夕方、帰宅した旦那さんが両手に買い物袋を抱えて家に入っていくそうなんですよ」

「パチンコの景品とか？」

「いえ、いつも野菜がぎっしりと」

「野菜？」

「ええ。どうでしょう……マンションの住民の聞き込みをしてみますか？」

「午前中いっぱい、様子を見てみよう。それでも、女房が現れなかったら、聞き込みに入ろう」

「わかりました」


永尾の妻がゴミ出しに姿を現したのは、午後一時ちょうどのことだった。妻がマンションに戻ると同時に、寺町がゴミ袋をとりにクルマを出た。そのとき、小西から携帯に電話が入った。

「遅くなりました。いま、終わりました。まず、オムツの件です。昨年度、イーストケアは緑恵苑にオムツを納入していません」

「やっぱりか」

「はい。永尾が振り込んでいた日和相互（ひよりそうご）銀行神田（かんだ）支店に行ってきました。今岡興産（いまおかこうさん）という口座ですが、開設者と連絡がとれません」

「架空口座か？」

「そのようです」

「じゃ、イチマツ名で出された東和銀行の調布支店の普通口座も？」

「同じくです。名義は松岡文夫ということで、〝松〟の一文字だけがイチマツの松田社長と同じです。たぶん、松がつけば、書類を見られても怪しまれないだろうということで、使ったんではないかと思いますが」

「しかし、入金はされていたんだな？」

「確認しました。入金されています」

「そのあとは？」

「班長がご想像のとおりですよ」

「全額、下ろされてる？」

「はい。すべて入金のあった翌日に、府中駅前の東和銀行府中支店のＡＴＭで午後七時ちょうどにキャッシュカードで下ろされています。ちなみに両方とも、口座の残高はゼロです」

「防犯カメラの映像は見たか?」

「見ました。どれも深々と帽子をかぶって顔半分はマスクで隠してます。でも、永尾にまちがいなさそうです」

「よし。あとは使い道だな」

「そういうことになります。班長、そちらはいかがですか?」

「いましがた、永尾の女房がゴミ袋を下げて出てきた。これから、ちょっと店を広げる。切るぞ。また連絡する」

結城はゴミ袋を携えた寺町が近づいてくるのを見つめた。

マンション内にゴミの集積場所はなく、駐車場スペースにあるのだ。

後部座席に乗り込んできた寺町がゴミ袋を見せて結城の顔をふりかえった。

かなりの分量だ。食べ物のゴミがほとんど。あまり、期待できそうにない。

結城は古新聞を広げてから窓をすべて開け、出せと指示した。

「いきます」

寺町がゴミ袋をさかさに振ると、半分ほど一気に落ちてきた。

腐ったような、なんとも言えない臭いが鼻を突いた。

卵の殻や野菜クズをどかし、めぼしいものを探した。目につくのは薬の薬包くらいだ。

かなり多い。そのうちのひとつの薬包に見覚えがあった。さらに、残りの分をぶちまけるように指示した。臭いがますますきつくなった。

寺町が染みで赤茶けた薬袋を見つけた。ほかにも、薬袋がふた袋あった。どちらも妻の紀美子の名前が印字されている。処方したのは、立川医科大学となっていた。さらにゴミをあけた。見覚えのある薬包を見つけた。


昭和記念公園の東側、広域防災基地にとなりあう形で、立川医科大学は建っている。私立大学が併設された巨大な病院だ。メインの外来は吹き抜け方式で、広く明るい。総合案内で責任者に会いたい旨を申し出た。すぐ事務長が現れた。名刺を出し来意を告げると、事務長はその場を離れて、しばらくして戻ってきた。主治医の吉川を紹介するが、いま、講義中なので、しばらく待ってもらえないかと言われた。

十五分ほど別室で待機していると、白衣を着た五十前後の顔の長い男が部屋に入ってきた。古い型の銀縁メガネをかけている。警官と聞いているはずだが、動じている感じではない。

吉川はドアを背にして、結城と寺町の前にすわり、両手を前に投げ出して、

「永尾紀美子さんのことでなにか？」

と切り出した。

「正式な捜査要請の書類は持ち合わせておりませんが、紀美子さんの病気について、調べ

ています。どんなものか知りたいのです。正式な書類が必要でしたら、のちほどあらためて参ります」

「この件は、紀美子さんはご存じ？　旦那さんも？」

「いえ、わたしたちがこうしてお邪魔していることは知りません。紀美子さんはがんですね？」

ゴミの中にあった薬包のひとつが、がん治療で処方されるものと結城は知っていたのだ。

吉川は、わかっているのかという顔つきになった。

「乳がんです」

「やはりそうでしたか」

「一度、摘出手術を受けられて、いまはがん細胞はなくなっていますけどね」

「がんが見つかったのは、いつになりますか？」

寺町が訊いた。

「一昨年でしたね。夏だったかな。定期健診で見つかったそうです。その年の冬に手術を受けられました」

「健診はこちらで？」

「いえ、府中の病院でしたね。手術も。うちにこられたのは去年のはじめですね」

「転院したということですか？」

「それに近いですね。もともと、進行性の再発乳がんでした」

「治療費もずっとかかるということですね？」

「もちろんです。薬も最低、二種類服用しないといけませんが、これだけで月に十四万円もかかります。ほかに診察料や検査料などもありますから、大変な負担になります」

「高額療養費や貸し付け制度があると思いますが」

「たしかに、あります。しかしね、なにかと金がいるんです。がんというのはね。たとえば、自己リンパ球移入療法とかをやるとね」

「自己リンパ……？」

「人の体内では、毎日、がん細胞が発生していることはご存じですか？　かなりの数ですよ。でも、がんにならないのはどうしてかわかりますか？」

「免疫があるからだと思いますが」

「そのとおりです。健康な人間には本来、強力な免疫システムがそなわっていて、簡単にはがんにならないようになっています。でも、歳をとったりストレスやほかの病気にかかって、免疫力自体が落ちてくると、免疫に対するがんの抵抗力が強くなって、がんが発症します。そこまではご存じですよね？」

「はい」

「がんになったら抗がん剤や放射線、ひどくなれば外科手術を行って患部をとりのぞきますが、がんを一時的に治したとしても、再発や転移の心配が必ずあります。大変なストレスでしょ。これを防ぐのが、さっき申し上げた自己リンパ球移入療法です。キラーT細胞って聞いたことがありますか？」

「がん細胞を見つけて殺す細胞だったかと思いますが」

「そうです。このキラーT細胞のことをリンパ球と言います。これは患者のがん組織や血液に多く存在しますが、まず、このリンパ球だけを患者さんからとり出します。そのあと、患者さんのがん組織そのものもとり出して、特殊なタンパク質といっしょにリンパ球と混ぜ合わせます。このとき、このリンパ球は自分が攻撃すべきがん細胞の特徴をしっかりと覚え込みます。そうして、一週間ほど試験管の中で活性化させて増やしたものを患者の身体に戻します」

結城は寺町と顔を見合わせた。

「その治療方法を紀美子さんが受けているわけですね？」

「ええ。去年から。一言で言ってしまうと、体外で患者自身のリンパ球を活性化させて、それを患者の身体に戻すというだけのことですけどね。多摩(たま)地区ではうちの病院だけで行われている治療法です」

「それはうまくいっているんでしょうか？」

寺町が訊いた。

「……これまでは、まあ、いちおう。高額な抗がん剤も服用されているし、放射線治療もときどき、受けていらっしゃいますからね。治療代もばかになりませんよ」

「保険は適用されないんですか？」

「自己リンパ球移入療法にかぎって言えば、がんが進行して胸水や腹水がたまった場合にだけ適用されます」

「紀美子さんは？」

「適用外ですね。がん保険にも入っておられなかったようだし」

「費用はどれくらいかかりますか？」

「一回につき、三〇万円ほど。ふつうは一週間に一度のペースで三、四回やりますが、紀美子さんは、旦那さんも心配していて、もう少し多い回数ですね」

「多くてもかまわないんですか？」

「治療を望めばの話です。副作用もほとんどないし、ふつうの生活が送れますから。あとは費用との相談になりますかね。ほかにも保険がきかない高価な薬も使っていますし」

これまで、十回やったとして、三〇〇万ちかくかかった計算になる。ほかにも、高額な薬を使っているという。がん治療に金がかかるのは常識だ。注ぎ込もうと思えば、きりがないだろう。

「ところで、過払いの返還訴訟かなにかでお調べですか？」

あらたまった口調で吉川は訊いた。

「過払い……」

「消費者金融の」

結城らの反応がないので、吉川は口をつぐんだ。

「消費者金融と申しますと……？」

結城は言って吉川の顔色をうかがった。

「あ、いえ、なんでもないです。なにか、紀美子さんは仰ってますか？」

「というと？」

「いや……再検査が必要になったはずですから」

再検査？ いまさら、なにを検査するのだろう。

しばらく、がん治療の費用や夫の隼人の話をして、病院の建物を出た。

「紀美子の治療にかかった費用の正確な金額を調べないといけませんね」

寺町が言った。

「明日にでも照会書を持って、行かなきゃならんな。どっちにしても、かなり金を使っているはずだ」

「特養の事務員のお給料だけでは無理？」

「追いつかないだろう」

「妻の治療費を捻出するため、隼人は横領に走ったということでしょうか？　吉川先生が言っていた消費者金融、気になりますよね？」

寺町も結城と同じことを気にしているようだ。

「吉川先生から、費用が高くつくけど大丈夫かと訊かれたとき、つい、奥さんの口から出てしまったんではないかしら……」

結城は携帯で石井に電話をかけた。

石井はすぐ出た。結城は病院で聞いた話をした。

「イッさん、悪いがすぐ調布へ来てくれ。駅周辺の消費者金融をしらみつぶしにする必要がある」

「了解、すぐに」

結城は通話を切ると、寺町と顔を見合わせた。

「おれたちも急ごう」

9

二日後。五月八日土曜日。

「永尾隼人名義で、エコーから一二〇万。奥さんの紀美子名義でポケットからも一八〇万借りてますね」

小西が言った。ふたつとも、業界のトップ5に入る消費者金融だ。

「班長のほうは見つかりましたか？」

石井が訊いてくる。

「ありました。こちらも利子を含めて、隼人名義でスパイスから二五〇万」

寺町が言うと、小西が口笛を吹いた。

「消費者金融で二〇〇万超え？　聞いたことないな」

融資額が一〇〇万円以下の客が大半なのだ。

「治療費に使ったんでしょうね……」

寺町が言った。

「ほかにないだろうな」

午後七時半。ここは調布駅近くにある喫茶店の奥まった席だ。結城班以外に、客はいない。

「もしかして、そちらもぜんぶ、返済済みですか？」

寺町が念を押すように訊いた。

「うん、完済してる。エコーもポケットも、もうびた一文、残っていない」

「返済日は？」

「エコーへは今年の二月。ポケットは三月に。利子も含めて現金でびしっと返していま す。そっちも？」

「はい、スパイスも今年の四月、旦那が来て、現金で完済しています」

「出所は横領した金か？」

結城が三人の部下の顔を見て言った。

「ほかにないでしょう。銀行のＡＴＭで引き出した額と突き合わせれば、ほぼ証明できま すね」

小西が答えた。

「いまできるか？」

「あ、リストは本部に」

「これから帰って、すぐ調べておけ」

石井がすかさず、言った。

「え、いまからですか？　帰ったら九時じゃないですか」

「つべこべ言うな。時間がないだろ。あさっては緑恵苑に監査が入るんだぞ」

「入ったら入ったで、かまわないじゃないですか」

「ばかだな、おまえ。横領がばれるんだぞ。すぐ永尾が犯人だとわかるじゃないか。そうなったら、立場上、市だってだまっちゃいない。徹底的に調べるぞ」

「ついでに、入居者の虐待も調べてもらえばいいと思いますが」

石井は顔をくしゃくしゃにして、

「おまえってやつは、本当に筋読みができねえ唐変木だな。ね、班長」

言われた小西が挑みかかるような目で結城を見やった。

「小西、市の立場としては、たとえなにがあろうとも、あくまで、施設は存続させたい。はっきりと数字に出る横領はあばかれるだろうが、虐待はどうだろうな……」

小西はようやく腑に落ちたらしく、

「隠蔽されちまうってことか……」

「だから、アホなんだよ。おまえは」

と石井。

「わかりましたよ、徹夜してでも調べてきますよ。でも、班長、きょう調べた消費者金融だけでしょうかね？　ほかに借りているかもしれませんよ」

「消費者金融を一〇〇万以上、三件でかけもちしてるんだ。当然、ヤミ金にだって手を出しているだろう」

「そっちはわからないですよね？」

「本人のみぞ知るだ」

「小西、明日はヤミ金の聞き込みだ。いいな」

「え、石井さんは？　もしかして振り込め詐欺の捜査？」

「勝手に想像しとけ」

「そんな、殺生な。ヤミ金なんて、どこから手をつければいいんですか？　お願いしますよ、班長」

「イッさんの命令だぞ」

と結城は一蹴した。

「あの……班長、お言葉ですがそちらの件は、しばらく様子見でいいんじゃないでしょうか？」

　寺町が断固とした感じで言った。

「そちらって横領のこと？」

　小西が訊いた。

「はい。生特隊として、うちの本務は、あくまで高齢者虐待の摘発にあると思います。最優先で取り組まなくてはならないと思います。もう時間がありません。監査はあさってですし」

「……そのつもりでいる」結城は言った。「明日、苑に行ってみよう」

「泊まり込みで？」

「わからん。とにかく、明日が勝負だ」

「わたしも行きますか？」

「いや、いい。マチ子は永尾紀美子が立川医大でかかっている医療費の全額を正確に調べてきてくれ」

「わかりました。なにかあったら、すぐ呼び出してください」

「うん、そのときは頼む」

「あの、ヤミ金のほうはどうします？」

小西が訊いたので、石井がその頭をこづいた。

「おまえがやるしかないだろ」

小西が言った。「わかりましたよ。やりゃ、いいんでしょ」

「では、横領の件はなしということで」

「マチ子、うちだって横領でもなんでも、挙げられるんだぞ。ねえ班長？」

「ときと場合による。しかし、急がなければならないのは高齢者を痛めつけている虐待者の検挙だ。一度入居したが最後、よほどのことがない限り彼らは二度と施設を出られないんだ」

死んで骨になる以外に。

その晩の帰宅は午前零時をまわっていた。

神経が高ぶっていた。大詰めだと思った。明日の自分の捜査しだいで、事件は解決に向かって前進するかもしれない。しかし、不安がぬぐえなかった。肝心の虐待犯の目星がまったくついていないのだ。

ウイスキーをコップに半分ほど注いで、喉に流し込んだ。

焼けるようなものが胃の腑に落ちていく。

「遅かったわね」

パジャマ姿の美和子が起きてきた。

「ああ」

「どうかしたの？　着替えもしないでウイスキーなんか飲んで」

気がつくと、右手にまだウイスキーのボトルを握りしめていた。

「なんでもない」

と結城はボトルをサイドボードに戻した。

「茶碗蒸しあるけど食べる？」

「いらん」

「おお、こわ。お義父さんの話はまた次ね」

「オヤジがどうした？」

「大したことないの。夕ご飯のとき、絵里がデイサービスのことを訊いたの。そうしたらお義父さん、すごく機嫌がよくなってね。きょうは行かない日でしょ。午後はずっと部屋にこもりっぱなしだったから」

結城はふと肩の力が抜けた。それだけのことかと思った。

「あそこ、考えてもいいよね」

美和子が言った。

「なにを？」

「え、あなたもそのつもりじゃなかった？　熱心に通ってるから」

「だからなんだよ」

「申し込んだらどうかなって思ってるんだけど。あなた、コネはあるんでしょ？」

ようやく結城は美和子の考えが読めた。

益次を緑恵苑に正式に入居させようとしているのだ。しかも、待機者をすっ飛ばして。

「ぜったい、だめだ」

結城が強く言ったので、美和子は驚いて、まじまじと見返した。

「なにか、あったの？」

「なんでもない。だめなものはだめなんだ」

結城は言うと、残りのウイスキーをひと息にあおった。

翌日。

結城は正午過ぎに緑恵苑に入った。昼食時で、職員たちは忙しく働いていた。

日曜日にもかかわらず、施設長の小野田は在苑していた。明日にせまっている監査の準備で、忙しそうだった。念のために、小野田に断ってから、結城は介護支援室に向かった。

結城はずっと気にかかっていたことがあった。寺町が徳永から聞き込んできたことだ。三階の廊下の窓際に虐待を受けているらしい三人に加えて、諸井千代もたびたび、来ていたというのも引っかかる。四人はみな車イスだが、自力移動できるという共通点がある。

部屋の前で中の様子をうかがった。食事の世話で手一杯で、だれもいないようだ。結城はあたりに人がいないのを見てから、介護支援室に身を滑り込ませた。

頭の隅に疑問を置きながら、もう一度、持ち込んだ四人のケース記録に目を通した。やはり、虐待をうかがわせる記述や問題行動はない。栗下くめの記録には、今年の二月に、注意度0から注意度2へ変更になったと記されてある。たぶん、認知症の症状が出たのだろう。目立つのはそれくらいだ。

四人とも近親者の訪問がほとんどない。この一年間では、栗下くめと諸井千代の家族が面会に訪れただけで、ほかのふたりは訪問者がいない。

特養は介護してくれる家族のいない要介護者が優先して入居する施設だ。見舞いに訪れる人がいないのも不思議ではない。それでもさみしすぎる。

結城はページを繰っていた手を止めた。

去年の十二月二十三日の日勤の介護日誌だ。

日誌は、個々の職員が施設内の各所にあるネットにつながれたパソコンで入力し、随時それをプリントアウトしてつづっておく仕組みだ。苑長からはじまって、相談員や介護主任、そして担当まで、七人の押印がある。この日の入所人員やシフト勤務ごとのワーカーの名前が記されている。

ショートステイの退所者がひとりいたようだ。面会者はふたり。その下の外泊者の欄に栗下くめの名前があった。年末に、栗下くめは息子の家に泊まりに出かけたと寺町が言っていたが、この日からのようだ。めくると十二月二十五日には苑に戻っている。

この日、栗下くめは自分の居室に戻って、部屋が荒らされていることを職員に知らせたはずだ。しかし、警察は呼ばなかったし、日誌にも、そのことは書かれていない。

どうしてだ……?

ページをめくっていると、ふと、そのシミが目にとまった。

今年に入った一月四日の夜勤の介護日誌だ。連絡事項にある栗下くめの欄だ。連絡種類は注意度変更。入力者は竹本幸平。その横にある内容の欄は、べったりと白い修正液が塗られていた。書き損じではない。なぜならその上にはなにも書かれていないからだ。

机のペン立からカッターナイフをとり、その修正液の部分にそっと刃をあてがった。紙を破らないよう、少しずつ修正液をはがした。

しばらくして、〝また〟という文字が現れた。作業を続ける。こんどはその横に、〝3階の窓のところに〟の文字。はがしおえると、うっすらと一文が浮かび上がった。

〝また3階の窓のところにいるので、見つけたら戻してください〟

三階の窓……あの廊下の端の窓のところか。

そこに栗下がいるから、部屋に戻せと言う申し送り事項のようだ。結城や寺町が目撃した通り、職員はそのことがわかっているようだが。でもなぜ、このことを修正液で隠す必要があったのか？

そのあとも記録に目を通した。ほかに、気にかかるところはなかった。

結城は介護支援室を抜け出た。

昼食が終わりかけている。テーブルを離れている入居者たちもいた。

結城は三階まで駆け上がった。廊下を小走りに進んだ。

窓際ぎりぎりのところに立った。四人がここにいるのを見とがめられて、部屋に戻された場所だ。

目の前に一面の畑が広がっている。道路側には収穫期を迎えたタマネギの葉が風にそよいでいる。よく耕されていて、夏野菜用の支柱が何ヶ所かに立っていた。

畑ととなりあって梅林があり、民家が二、三軒身を寄せ合うように建っていた。そのあいだから寺の甍がのぞき、それらを包み込むように神代植物公園から続くこんもりした杜の木々が見える。のどかな風景だ。

しかし、なぜ、こんなところに四人は来ていたのだろう。そして、職員たちはすぐ、彼らを部屋に引き戻した……。

結城はあらためて窓を見た。幅は一メートルほど、高さは一・五メートルくらい。下側の窓枠は、ちょうど結城の腰の高さにある。

車イスに乗った人の目線からすると、どう見えるだろうか。

そう思って結城は腰をかがめてみた。

見える景色がわずかに変わった。畑の手前のあたりが見えなくなった。それでも、まだ車イスに乗ったとしたら、目線はもう少し下か。

膝を折り曲げ中腰の姿勢を取った。似たようなものだ。手前の畑こそ見えづらくなったが、まだ見えるし、民家も杜も見える。

あっと結城は洩らした。

この高さから見えるこの風景――。

結城はその場でうしろをふりかえった。左右に居室のドアが続いている。江崎の部屋に入ってみた。

挨拶もそこそこに、窓辺に立ち、車イスで見えるのと同じくらいまで腰をかがめた。ベランダにあるコンクリートの外壁しか見えない。道路の向こう側の民家の屋根がかろうじて見えるだけだ。

結城は一階のデイルームや玄関や廊下のことを思い浮かべた。車イスに乗る人は、まったく外が見えない。唯一、見える場所があそこだ。四人があの場所にこだわった理由が見えてきた。

廊下に戻った。窓際の上の天井に防犯カメラがこちら向きに付いていた。

結城は一階の事務所に戻り、施設長室で小野田と向かい合った。

明日の監査について尋ねると、小野田は意外にも余裕のある表情で、

「おかげさまで、まあ、どうにかなるかと」

と言った。

使途不明金については、と出てきそうになったのを、どうにかこらえた。

「監査は何時からですか?」

「午前十時くらいに見えると聞いてますけどね」

「午前中いっぱいかかりますね？」

結城も所轄で方面本部の監査をたびたび受けたことがある。監査についてはひととおり、心得ているつもりだ。帳簿類も見るだろうから、時間がかかるだろう。午後まで延びるかもしれない。

「大丈夫ですか？」

重ねて尋ねた。

「乗り切らないといかんでしょ」

と、こんどは少し高飛車な感じで答えた。

結城は介護記録のことを思った。自分が見た限りでは、問題になりそうな箇所はなかった。だから、監査も怖くないということらしかった。しかし、使途不明金はいいのだろうか？　結城はおとなしそうな小野田の顔を見ながら、心の中で問いかけた。見かけより、ずっと神経の太い男だ。しかし、時と場合によるだろう。使途不明金は入居者にまで知れわたっている。市の監査で隠し通せるはずがないではないか。

「もう、書類のほうはよろしい？」

小野田が訊いてきた。

「ええ、もう済みましたから」

「で、なにかありましたか？」

「虐待についてですか？」

「まあ、なんでもけっこうですけど」

「これといって、とくには」

「でしょうな、あるはずがないですな。うちに限って」

「施設長、もうひとつだけお願いがあります」

「なんですかね？　お父さんのことですか？　ショートステイなさりたければ、すぐご面倒を見させていただきますよ」

　五十名の待機者をすっ飛ばしてうちのオヤジの面倒を見ると？　それはかなりの〝便宜〟を図るということになるが。

「それはけっこう」結城は言った。「もっと簡単なことです。三階の廊下の西側に防犯カメラがついていますね？」

「ありますけど……なにか？」

「過去半年分の録画映像を見せてください」

　小野田は拍子抜けしたように、

「よろしいですよ。ハードディスクに保存してありますから。でも、なんのために？」

と答えた。

「ただ見るだけです。それとも、なにかよからぬことでも映っているんですか？」

「そんなものあるわけないでしょ。わかりました。いま、すぐお持ちします」

結城は外付け式のハードディスクを借り受け、事務所を出た。入れちがいに、食事の世話に出ていた永尾とすれちがった。

「お疲れさん」

結城が声をかけると、永尾ははにかむような顔で、どうもとつぶやき、事務所に入っていった。

デイルームでは食事が終わっていた。職員の手を借りて、入居者たちが居室に引き揚げていく。テーブルの片隅で、福塚夕子から食事の介護を受けている車イスの老女がいた。諸井千代だ。

テーブルに根菜とキノコの流動食が入った器が置かれている。諸井はこれまで普通食を食べていたはずだが。

「夕子さん」

結城は声をかけた。

「あ、こんにちは。きょう、おじいちゃんは？」

「きょうは、来ないですよ」

「そうでしたっけね。日曜ですもんね」

結城はそこを離れて、あらためて福塚を呼んだ。

「千代さん、具合悪いの？」

「一昨日くらいから普通食を食べると吐くようになって」

「そうか、大変だ」

「高齢者の人って、二、三日で転げ落ちるように容態が悪くなりますからね」

と言って、福塚は諸井のもとに戻って介護を続けた。

結城はデイルームを出て、施設をあとにした。

駐車場に停めたクルマに乗り込んで、バッグからノートPCをとり出し、膝に載せた。

小野田から借りたハードディスクを接続する。結城がさきほど見た三階の防犯カメラから撮られた録画映像が流れ出した。窓側から内向きで、廊下を撮るアングルだ。去年の十月一日のものだ。日付を指定して、今年の一月四日分から早送りして見た。

車イスに乗った老女が窓際に近づいてくるシーンを見つけた。

栗下くめだ。時間は午後四時十二分。

二分経過したとき、ワーカーの竹本が現れた。竹本は何事か、栗下くめの耳元にささやきかけると、車イスを押して、居室に入れた。くめの部屋だろう。虐待を受けている三人の部屋の位置はほぼ頭に入っている。日誌に書かれていた場面のようだ。

結城はその日から巻き戻してみた。

一月二日の午前十時十五分。

車イスに乗った人が窓際に近づいてくる。結城は目を凝らした。かなり、太っている。……木村アキか？　そうだ、木村だ。まちがいない。木村はカメラの真下まで来て、窓すれすれのところで止まった。ゆったりとすわって前を向いていたが、少しずつ身を乗り出し、食い入るように窓の外を見つめるようになった。そのとき、廊下の奥のほうで、人らしき姿が見えた。それはみるみる大きくなった。緑色の介護士の制服を着ている。大柄な男だ。レスラー……介護主任の兼田守のようだが。

兼田は木村の背後から足早に近づいてくる。木村の乗る車イスの取っ手をつかんだ。かと思うと一言も声をかけないで、その場で手荒く車イスごと回転させた。何事が起きたのか木村はわからず、天を見上げた。その顔が恐怖と困惑で引きつっているのを結城ははっきりと見た。兼田の太い腕が動いた。

いまにも走り出すような勢いで、兼田は猛然と車イスを押した。人気のない廊下を走り去る。中ほどにある居室のドアを開け、車イスごと、飛び込むように中に入っていった。

結城は信じられないものを見たような気分だった。

兼田が出てきたのは五分後。木村アキは部屋の中だ。

結城はさらに巻き戻してみた。

十二月三十日午後二時五分。

こんどは車イスに乗った寺沢よしえが窓際に近づいてきた。三分ほど経ったときだ。また、兼田らしき人物が廊下を駆けるようにやってきて、いきなり車イスに乗っている寺沢をこづいた。抵抗する寺沢を気にもとめず、車イスを引き戻して、寺沢の部屋に押し込めるように手荒く入れた。十分近く経って、ようやく兼田は寺沢の部屋から出てきた。部屋の中に防犯カメラはないが、十分のあいだに部屋の中で行われたことが想像できた。

次は十二月二十八日午後八時三十二分。

諸井千代だ。車イスを器用に動かして、同じように窓際に近づいてきた。膝に載せているのは携帯電話だ。彼女は携帯を持っていたのか？　その直後、また兼田が現れた。困惑する千代を無視して、手荒くその場で車イスを回転させ廊下を押す。照明が落とされた廊下の奥へと消えていった。その先は見えなくなった。

さらに巻き戻した。

十二月二十五日午後三時四十四分。栗下くめも同じ目に遭った。

結城はＰＣから目を離し、施設を見上げた。三階の西側の大きくとられた窓が見えた。いま、そこに人はいなかった。

うっすらとわかりかけてきた。木村アキ、寺沢よしえ、そして栗下くめの三人が虐待される理由。職員たちが四人を窓際から連れ戻すわけが。しかし、振り込め詐欺の被害に遭った諸井千代はどうなのだ……。

ふと、結城はあの場にいた諸井千代が、部屋に戻そうとする介護士の福塚夕子に言った言葉を思い出した。

『……あたしは、いいんだよぉ』

とつぶやいたのだ。

兼田守……。

施設きってのベテランで、だれからも慕われる主任介護士。

いったい、おまえはなにを考えて、この施設で働いているのだ。

10

「こいつだ、まちがいない」

ハードディスクの映像を見ながら小西が言った。

「よりによって、介護の責任者が犯人とはな」

石井があきれたように言う。

「マチ子、おまえ気づかなかったのか？　兼田とは親しかったんだろ？」

「わかりませんでした。うわべだけでは」

「おれも、わからなかったよ」

結城が付け加えた。

「でも、これだけのことをやってるんだし。兆候のひとつやふたつ、あったんじゃないですか？」

「班長、苑の入居者と職員で、こいつが虐待をしてることに気づいていたのは、どれくらい、いますか？」

石井が訊いた。

「正確にはわかりませんが、かなりいると思います」

「施設長も知っていた？」

「職員から知らされていたとは思いますね」

「でも、なんら処置をしてこなかった……」

「どうだろう。陰では注意したのかもしれないが」

「事実、この一週間は虐待が行われていないみたいですから」

寺町が言った。

「こいつ、いちばんのベテランだったよな？」

小西が訊いた。

「はい。苑ができたときからの生え抜きです。七年目ですね。去年、介護福祉士の国家試験をパスしました」

「もっと早くとってなかった？」

「入居者に訊いてみたんです。兼田さんは、ここ四、五年、毎年受験してるけど、なかなか受からなかったということです」

「家族は？」

「奥さんと十歳になる息子さんがひとり。三鷹にある実家で母親と住んでます。親父さんは亡くなっていますね」

「しかし、晴れて試験に受かったんだよな？　それがどうして、いまごろになってばあさん連中をひどい目に遭わせるんだろう？　これ見ると、相当なもんだぞ。部屋の中じゃ、殴る蹴るのしたい放題かもしれん」

　石井が憤慨しながら言った。

「ほかの入居者にも暴力をふるっている可能性はありますか？」

　小西が訊いた。

「わからない。とにかく、いまはこの三人だけが被害者のようだ」

「自走式の車イスのばあさんばかりか……いったい、なんだろうな。窓に来たときにやられるってのも、さっぱりわからん」

「わたしもわからない」

　寺町が理解できないという感じで言い、結城を見やった。

「マチ子はあそこに立ったことはあるか？」

「はい、夜でしたけど一度。諸井千代さんがいました」

「どう思った？」

「え、千代さんですか？」

「いや、窓から見える風景」

「……暗かったし、畑だから」

「そうだな、畑だ。きれいに耕されてる。梅の林があって、民家が少し。寺もある。コナラの杜に囲まれていて、いい雰囲気だぞ」

「田舎そのもの？」

　小西が口を挟んだ。

「そうだ。東京とは思えない。暴行されていた木村や寺沢や栗下はどんな思いで、風景を見ていただろうな？　彼女らはみな、長野や群馬の出身だったはずだ。そうそう、諸井千代も」

「遠い昔のふるさとの情景を思い出していた……とか」

「だと思うんだ」結城は言った。「マチ子、最初に暴行を受けたのは栗下くめだったな？」

「はい、徳永さんがそう言ってましたが」

「その栗下くめが去年の十二月のクリスマスの時期に、三日間、外泊して戻ってきたとき、部屋が荒らされていたな？　だれの仕業だと思う？」

「兼田守しかいないと思いますけど」

「おれもそうにらんでいる。やつが荒らしたにちがいない」

「でも、どうしてですかね」

「兼田は優秀な介護士だ。三階の入居者のことは、ぜんぶ頭に入っているにちがいない。虐待している三人のこともな。兼田はその栗下の外泊を知らされていなかったんじゃないかな。その前日はたしか、兼田は休日だったはずだ」

「おれに言わないで、勝手に外泊しやがって……というだけで？」

小西が訊いてくる。

「あれほど心をくだいて面倒見ているおれに、一言もなかったとな」

「その一点で、兼田のなにかが切れたのかもしれない」結城が言った。「それ以来、兼田は窓のところで、栗下と同じように、昔のことを懐かしんで風景を見ている入居者を見ると、がまんできなくなって……」

「そのことを職員は知った……」寺町が洩らした。「最初に気づいた竹本さんが、そこにいると兼田に暴行されるから、気づいたらすぐ部屋に戻せ、とパソコンで日誌に入力した。でも、明くる日、日誌は兼田主任も見ることにすぐ気づいて、あわてて修正液で消した。そういうことですよね？」

「たぶん、そうだ」

「それだけかな」ぽつりと石井が洩らした。「その窓はいいとしましょう。さて、ホシはわかったとして、どうしますか？」

　石井が言った。

「被害届（タレ）が要るな」

　と小西。

「無理です。被害者（マル害）が暴行されたことを簡単に認めると思えません」

「かりにタレをとってもどうだ」石井が言った。「やつをふん縛れるかな？」

「ここにありますよ、ここに」

　と小西がハードディスクの映像を指した。

「これじゃ、ちょっと無理じゃねえか。ね、班長？」

　石井が言う。

「だめですね」

「じゃ、どうする気ですか？　まさか、現行犯逮捕？　それこそ、無理です。ずっと緑恵苑に泊まり込むなんて」

　小西が言った。

「たしかに。でも、証拠は要る」

「証拠が見つからなかったらどうしますか？」

「呼んで叩くしかない」

「それでやつが認めますか？」

「そうするしかないだろ」

「がんばれよ、小西」

「え、おれが取り調べを？」

「当然だろう。これだけブツがそろっているんだ。簡単に落とせるだろ」

「無茶ですよ」

石井はそれを無視して、

「明日、監査ですね。どうなるかな」

答えは出ていると結城は思った。万一、凶と出たら自分たちだけで動くしかないだろう。その前に、内海にだけは話を通しておかなければ。


翌日。

朝から本降りの雨だ。結城はセダンの後部座席から、緑恵苑の入り口を見ていた。午前十一時二十分。監査のために訪れた三人の市職員が入って、まもなく一時間が経とうとしている。

「横領は見つかるでしょうか？」

運転席で見守る寺町が訊いた。

「見つかるさ。市の職員だってばかじゃない。同じような施設の監査をいくつもこなしてるんだ。使途不明金を見つけることなんて、赤子の手をひねるようなものだ」

「そうなると、やっぱり虐待は……隠蔽される？」

「五分五分だが、隠蔽されるほうに賭けるな」

「ですよね。でも、横領は別だと思います。もし、見つかったら、どうなりますか？」

「市は警察へ通報せざるをえない」

「そうなったら、捜査は？」

寺町は期待のこもった目で結城を見た。

「手心が加わる余地はない。調布署がやる」

「え、わたしたちではなくて？」

ここまで捜査したのに、おいしいところだけ所轄にとられてよいのか、と寺町は言いたげだった。

しかし、昨日の内海との話し合いで、そう決着したのだ。反論することはできない。

「班長、虐待の件はどうなるんでしょう？」

「調布署の腹しだいだ」

「でも……あ」

寺町が声を上げた。

施設の玄関に三つの黒い傘の花が咲いた。

もう、監査は終わったのか？

手に手にブリーフケースを下げた職員が、玄関脇の至便な場所に停めた公用車に乗り込んだ。雨の中、施設長の小野田が頭を垂れて見送ると、すぐに中へ引っ込んだ。

まだ一時間しか経っていない。通りいっぺんの監査でお茶を濁したのか？

それとも、わかっていて、あえて見過ごしたのか？　しかし、小野田のあの様子から見て、たぶん……なにひとつとして露見(ろけん)していないかもしれない。

「待ってろ」

結城は言うと傘もささずに、入り口に向かって走り込んだ。驚いたガードマンが施設長を呼んだ。

結城の顔を見た小野田が、となりの施設長室を指さした。

永尾は平然とした表情で、ノートパソコンと向き合っている。

……やはり、露見していない。

施設長室に入ると、小野田から乾いた手ぬぐいをわたされ、結城は額(ひたい)から落ちる雨の滴(しずく)をぬぐった。結城は昨日借りたハードディスクを返した。

「なにか、ありましたか？」

小野田が訊いてくる。

「まあ、とくには……」

結城は、監査のことを訊いた。

「おかげさまで、無事に終了しましたけど、なにか……？」

永尾と同じように、まったくふだんと変わらない顔で小野田は言った。

「短かったですね」

結城はふり絞るように言った。

「そうかもしれないですね。去年より早かったかな」

「……日誌の点検は受けました？」

「このとおり」

と小野田は壁際にある移動式のキャビネットを指した。日誌類がすべてそろっている。

結城が見たものだ。その横にコンテナがふたつ置かれていた。支払伝票や会計帳簿類のファイルがぎっしりつめ込まれている。

「で、結論は……？」

「例年通りですよ」

「例年と言うと？」

「ですから、『不備なし』ということで終わりましたが」

結城は混乱した。まさかと思った。これから、どうすればよいのか、突然、はしごを外されたような気分だった。

「日誌や勤務表は本当に見たんですよね？」

「見ましたよ。お三方で何度も」

「で、なにかありましたか？」

「なにかって……あの虐待とかの？」

と小野田は声を低めた。

結城は口を引き結んでうなずいた。

「そのような話は、出ませんでしたな」

目の前にいる男に、結城は怒りがこみ上げてきた。

勤務表を改ざんしたのかもしれない。

これまでのやり方がまちがっていたと思えてならなかった。

「それはいいとしても」結城は言った。「使途不明金はどうだったんです？」

言われて小野田はまじまじと結城の顔を見つめた。

「いま……なんと」

「使途不明金です。こちらで不適切な会計処理が行われている。それを指摘されませんでしたか？」

小野田は薄ら笑いを浮かべて、

「結城さん、おかしなことを仰られる」

「おかしくもなんともない。あなたなら、わかっているはずだ」

「ですから、なんの不明金ですか？　はじめて聞くな」

小野田は不快そうな表情で、ぷいと顔をそむけた。

「……横領です」

小野田は目を丸くして、結城を見つめた。

「横領？」

結城はうなずいて続けた。「ある人物が物品の購入に関して、帳簿上の書類を改ざんしている。横領の総額は一一〇〇万円」

小野田は驚いたふうに、

「一一〇〇万？　いきなりそんな大金の話をされても……」

「いや、ご存じのはずだ。知らないとは言わせない。食材卸と介護用品の納入にかこつけた架空請求です。どうです、まだしらを切りますか？」

「一一〇〇万……あれかな」

「あれってなんですか？」

「たしか、イチマツとオムツの業者だったかな。よく、ご存じですね」

「だから、どうしたんです？」

「その二ヶ所ですけど、過払いがあったということで連絡がありましてね。払戻金として、一括して返還されました」

「払戻金？」

「ええ。金曜日に」

金曜といえば、永尾周辺をかぎ回っていた日だ。あの日に、金が戻されただと……。

「小野田さん」結城は言った。「不自然に思いませんでしたか？」

「年度はじめにはよくあることですけどね。お互い、決算が済んで帳簿類を点検しますから」

「見せてください」

「書類ですか？」

「ええ。払戻金の」

小野田はコンテナからファイルをとり出すと、ページをめくり、開いたところを結城の前に置いた。

……まちがいないようだ。

「それから、こちらが昨日の時点のうちの通帳です」

見せられた通帳には、たしかに、二ヶ所からトータルで一一〇〇万円が入金されていた。

　結城は目の前に黒い幕が下りたような衝撃を感じた。

「あの、結城さん、わたし、もうじき別の客が来るんですけど、そろそろよろしいですか？」

　結城はものも言わずに立ち上がると、施設長室を出た。永尾の横顔に一瞥をくれ、玄関に向かった。仏頂面の結城にガードマンが一歩、身を引いた。

　外はまだ雨が降りしきっていた。その中を結城はゆっくりと歩き出した。

　少しも雨の冷たさは感じなかった。

11

「施設長に、永尾隼人のことは話しましたか？」

　石井が訊いた。

「いや、まだ」

　結城が答える。

「しかし、払戻金ってなんです？　しかも、三日前に？　まるで、こっちの動きと合わせたみたいに」

小西が言った。

あれからすぐ、部下を本部に呼び戻したのだ。

「……裏があるんです、きっと」

寺町が悔しそうに言った。

「まさか、永尾隼人が戻した？」

小西がおずおずと言った。

「わたしには、そうとしか思えません。班長はいかがですか？」

「ありっこないと思うぞ。だいたい、一一〇〇万って金、永尾が持ってるはずがない」

小西がかぶせるように言った。

「調べればだれが振り込んだのか、すぐわかる」

石井が言った。

「横領した会社を装って、一一〇〇万を永尾が振り込んだとしましょう。そんな大金、いったいどこから出るんです？　永尾は女房のがん治療でスッカラカンじゃないですか」

小西が言う。

「そこなんですがね。班長、どうですか？」

「イッさん、ここへ来るあいだ、ずっとそのことを考えてたよ」

「もしかして……振り込め詐欺のこと？」

小西が意外そうにつぶやいた。

「狂言ではなくて、ほんとにあったということですか?」

と寺町。

「なんでも疑ってみるもんだぞ、マチ子」

「ですけど、あの永尾さんが千代さんに振り込め詐欺を働いたなんて……ちょっと信じられない」

「いや、同じ施設にいる者同士だぜ」

「なんだ、小西、振り込め詐欺はどうでもよかったんじゃないのか?」

石井がからんだ。

「もしもの場合を言ってるまでじゃないですか。介護記録かなんか見れば、わかるでしょ?」

言うと小西は結城を見やった。

「いや、それだけではわからない。それに、あの千代は人一倍しっかりしてるし……そう簡単に振り込め詐欺に引っかかるとは、どうしても思えない」

「班長、同感です。あの人を知れば知るほど、それはないって思うようになりました」

寺町が言った。

「どうでしょうね、班長」石井が言った。「この際、虐待と横領の件はあとまわしにして、例の振り込め詐欺の件を調べてみては」

「それがいいと思ってた。彼女は携帯電話を持っていたのに、調布署には持っていないと言ったのも気にかかる」

「ちょっと待ってくださいよ。振り込め詐欺なんて、もともとなかったんですよ。いまさら、どこをどうやってほじくり返すんですか?」

小西が訊いてくる。

石井と寺町の視線が結城に集まった。

「わからん……」

正直なところ、どこから手をつければ良いのか、わからなかった。

「班長、ふり出しに戻るしかないと思いますよ」

と石井。

ふり出しか……。

「諸井千代はお金は確実に引き出した。でも、そのあとはだれも、その金を見ていない」

寺町がつぶやいた。

「そうだ。金がどこに行ったのかだ」結城は言った。「みんな聞いてくれ」

三人の部下は眉をひそめて、結城の話に聞き入った。

12

五月十五日。警視庁富坂庁舎。

結城はがらんとした部屋で、班長席にじっとすわり込んでいた。

斜め前にいる石井がしきりと時間を気にしている。

午後三時二十五分。

三鷹に住んでいる兼田守の自宅を訪れ、任意同行を求めた。それが午前七時。

小西と寺町が事情聴取を行っている。三名の老女に対する傷害容疑だ。

もう七時間を過ぎていた。

「しかし、かかるな」

と石井が薄いお茶を口に運んだ。

「ちょっと、かかりすぎかな」

結城も言った。

木村アキと寺沢よしえ、そして、栗下くめの居室をこっそりと訪ね、被害届を提出させたのが昨日の午後。あいかわらず、三人の口から被疑者の名前は出てこなかった。兼田は夜勤明けで不在だった。職員も同様に、かたく口を閉ざしたままだ。

そのあと、辛抱強く知り合いになったワーカーたちから話を聞いた。勤務シフトについてもくわしく聞いた。想像していたとおりの事実関係がぽつぽつと出てきた。それにもとづいて、帳簿類の調べもした。

兼田は午前中はずっと否認していたので、午後いちばんに、結城は木村アキが暴行を受けていた証拠写真を見せるようにうながした。三人の老女を三階の窓際から、それぞれの居室にむりやり、連れ戻す映像も兼田に見せた。

やきもきしながら待っていると、四時前、いきなりドアが開いて寺町が飛び込んできた。

「落ちました！」

結城は腰を浮かした。「そうか、認めたか」

「洗いざらい。介護福祉士の国家試験に合格しても給料は上がらないし、仕事が増えただけでストレスがたまっていたと言っています」

「ほかには？」

「五十嵐俊子です。緑恵苑では自分のほうが倍のキャリアがあるのに、なにからなにまで、口を挟んでくるのだそうです。仕返しをする機会をずっとうかがっていたと言っています」

「仕返しの機会？」

「マル害の三人です。三人とも、五十嵐がリハビリを指導しましたが、その過程で兼田がやりすぎだと注意したようです。でも、五十嵐はがんとして聞きませんでした。でも、結果として、きびしいリハビリで三人は元気になった。それが、兼田には癪だったようです」

「それが直接の引き金か？」

「三階の窓、ありますよね。車イスでも見晴らしのきく例のところ。ことあるごとに、五十嵐は三人をあそこに連れていって励ましたそうです。ひとりで、ここに来られるようになろうねと」

「なるほど、それで……栗下くめの件は？」

「想像どおりです。くめさんの部屋に侵入して、荒らしたのを認めました。自分が責任者であるにもかかわらず、栗下くめが自分には言わずに外泊して、猛烈に腹が立ったと言っています。それから、三階のあの場所で五十嵐の言いつけを守って外を見ている老女を見るたび、居室に連れ込んで暴力をふるったのを認めました。これが効きました」

と寺町は別の写真を見せた。

木村アキと寺沢よしえの部屋の壁についていた不自然なひっかき傷だ。

「暴行のやり方も吐いたか？」

それがいちばん肝心なことだ。

「はい。車イスごと部屋に連れ込んでから、わざと車イスを壁にぶつけたそうです。その拍子に乗っていた人が床に転がったと」

「わざとやったんだ」

「はい。露出する顔や足を避けて、暴行を加えたと言っています」

「マル害の三人がほかの職員に訴えなかった理由は？」

「暴行を加えるたび、おまえはここを出ても行くところはないぞ、もし出ていくなら、おれがケアマネに声をかけて、紹介状のプロフィールに〝要注意人物〟と書き加えるからなと」

そんなことを紹介状に書かれたら、引き取り手がいなくなるのは目に見えている。

「勤務シフト表の件は？」

「残業代を増やすために、職員の半数近くが改ざんに協力していると兼田は言っています。虐待のことを知った職員には、協力したことを市にばらすぞと脅していたそうです」

やはり、そうか。職員の聞き取りで、そのことを認めた人間が出てきたのだ。人件費は市の補助金から支出される。施設長も脅していたのかもしれない。

「よし、わかった。イッさん」

結城が声をかけると、石井が机の引き出しから、逮捕状をとり出して、寺町にあずけた。

「ワッパかけてこい。本庁へ連れていって、もう一度、頭から聞き出せ」

「わかりました」

緊張した面持ちで部屋を出て行く寺町を結城は見送った。

「一件落着ですね」

石井が静かに言った。

「なんとかね」

しかし、もうひとつ、残された仕事がある。

すべてが決着するまで、もうひと山あるかもしれない。

13

五月二十八日。午後五時。

結城は父親を迎えに緑恵苑に出向いた。久方ぶりの訪問だった。夕食前の静かな時間帯だ。施設長の小野田に声をかけてみたが、顔をこちらに向けただけで、無愛想に書類に目を戻した。永尾の席は空席だった。

兼田守は素直に取り調べに応じ、一勾留(ひとこうりゅう)の十日間で洗いざらい白状して、検察に送致された。立件にあたって最大限の注意をしたので、マスコミには嗅(か)ぎつかれなかった。いまは保釈を待つ身だ。しかし、ここにはもう勤めることはできないだろう。

　デイルームでタオルをたたんでいた福塚夕子が結城を見つけて、近づいてきた。

「結城さん、お久しぶりです」

「ああ、どうも、いろいろとあってさ」

「そうですね。兼田さんのこと、残念でした」

「悪かったね、いろいろと」

「あ、いえ、そんなことないです。やっぱり、入居者の方々をいちばん、大事にしないといけませんから」

　どことなく、自戒めいて聞こえる。

「お忙しそうですね。きょうは、おとうさんを迎えに？」

「うん」

「川柳（せんりゅう）教室は時間ぴったりに終わりますから、もう、すぐ来ますよ」

「事務の永尾さんはどこか行った？」

「昨日からお休みみたいですけど、なにか？」

「なんでもない。いま見たら、いなかったからさ」

　……もしかして、逃げた？

　そんなことはないだろう。

益次は今井雪乃と連れだって玄関にやってきた。雪乃とともに、マイクロバスに乗って帰ると益次は言い張ったが、結城は半ば強引にクルマに乗せて、自宅に向かった。ふたりきりになって、どうしても尋ねなくてはいけないことがあるのだ。

「おとうさん、きょうの川柳はいい句ができた？」

「ぼちぼちだな」

益次は外を見ながら言う。機嫌が悪そうだ。

「緑恵苑って気に入っている？」

「なんでそんなこと、いちいち訊くんだ」

「そうだね」

結城はそれから先のことを、どう訊くべきか迷った。

……緑恵苑に行けなくなったら、ほかの施設を探してもいいだろうか。

そう訊こうと思ったのだが、なかなか切り出すことができないまま、自宅に着いてしまった。

14

翌日。

監査のあった日と同じように、朝からぐずついた肌寒い天気だった。緑恵苑の駐車場にクルマを停め、傘をさして入り口に向かった。寺町が一歩、遅れてついてくる。

玄関マットでていねいに靴の汚れを落として、中に入った。

施設長の小野田に声をかけると、小野田は永尾の肩に手を置き、いっしょに来るようにうながした。

午前十一時。

幸い、デイルームにも廊下にも知り合いになった入居者や職員は見かけなかった。

相談室に案内されると、結城は永尾を奥にすわらせ、ドアの前に寺町を立たせたまま、永尾と対面する形で椅子に腰掛けた。小野田に目配せすると、その場からいなくなった。

どことなく、不安げな顔つきをしている永尾を見守った。結城はむろんのこと、寺町も警官だということを今は永尾も知っている。そのふたりと向き合っているのだから、なんらかの犯罪と関係することについて訊かれるということまではわかっているだろう。兼田による虐待事件の関係者の事情聴取と受け取っているのかもしれないが。

「突然ですまないね」

結城が声をかけると、永尾はあらたまった感じで背筋を伸ばし、

「あ、べつにかまわないですけど……あの、兼田さんのことですか?」

と喉仏を動かしながら訊いてきた。

「いや、ちがう。あなたのことについてだ」

ぶっきらぼうに答えると、雲がかかったように永尾の顔が曇った。

「小野田さんからいろいろと聞いていると思うけど、どうかな？」

「あの、なにをですか？」

気をとりなおしたように、永尾は言った。

「もろもろのことだよ。虐待もそうだし、監査のこともあるし」

「監査がどうかしましたか？」

「興味深い指摘がなされたと聞いているけど、どうだった？」

「いえ、わたしも同席しましたけど、特別にこれといった指摘はなかったのですが」

「おかしいな。ちょっとした使途不明金の話が出たと聞いているんだけどね」

「どなたからです？」

「それは君が知ることじゃない。このひと月のあいだ、苑では立て続けに事件が起きたな」

「そうですね」

「虐待はその前からあったけど、例の諸井千代さんが被害を受けたという……」

そこまで言って、結城は相手の出方を見守った。

「振り込め詐欺ですか？　警察は振り込め詐欺自体がなかったということですけど、どうでしょうか。もし、本当のことだったら、ひどいことです。あんないい人から金を騙し取るなんて」

と永尾がひきとった。

「そのとおりだ。振り込め詐欺が本当にあったとしたらね」

そう結城が言うと、また永尾はいぶかしげな顔つきになった。

「やっぱり、振り込め詐欺ではなかったということですか？」

「そうなの？」

結城は大げさに訊いた。

永尾は気をとりなおすように咳払いをして、

「とにかく、振り込め詐欺の捜査は終わったんですよね」

と言った。

「いや、これからだよ」

結城が言うと、永尾は目を丸くした。

「ところで、あなたは事務員でありながら、ヘルパー資格も取り、率先して介護の仕事を手伝っているじゃない？　立派なことだと常々思ってるよ。なかなかできることじゃない」

「好きでやっているだけのことですから」

「事務の仕事で残業になることはあるかね？」

「ないですね」

「あれ？　月末には支払いの仕事なんかで残業はしない？」

「べつにないですね」

「おかしいな。じつはね、今月の三日、君が一度、自宅に帰ってから、夜遅くになって、施設に戻ってきたということなんだが」

「今月の三日？　夜はずっと家にいましたけど」

「妙だね。君が運転するミニバンを見たという人がいるんだが。しかも、深夜の午前零時ごろに」

　結城は言うと、うしろにいる寺町をふりかえった。

　寺町が深くうなずいた。

「なんのために来たの？」

　あらためて結城は訊いた。

「ですから来ていません。なにを言ってるんですか？」

「あなたは、立花スエさんの部屋を訪ねた。ここにいる寺町が見ているんだよ。君がスエさんの部屋から出てくるところを。追いかけられて、びっくりしただろ？　君は先回りして、寺町を殴って外へ出て行った。どうして、君は施設の駐車場に置かないで、あんな離れた空き地にクルマを停めたの？」

「なんのことを言っているのか、さっぱりのみ込めないんですが」

証拠がないから、逃げおおせると思っているようだ。

結城は一枚の紙を差し出した。レンタカーの貸出申込書のコピーだ。日付は五月三日。申込人は永尾隼人になっている。車種はミニバンだ。

それを見て、永尾の顔色が変わった。

「君が申し込んだんだろ？」

「あの……レンタカーとなにか……」

まだ、永尾はシラを切るようだった。

「稲荷寿司だ。わかるだろ、これだけ言えば」

すっと永尾の眉間に縦皺がよったのを結城は見逃さなかった。

「あの晩、君はスエさんに、こう言った。『これ以上、人前で稲荷寿司と言うなよ』と。脅したんだ。よっぽど効き目があったのか、スエさんの口から稲荷寿司という言葉は出なくなった。……ほっとしたろう？」

「仰っている意味がわからないのですが……」

「最初に言ったはずだぞ。使途不明金があると。それが君に関係しているんだ」

永尾は押しだまり、腕を組んでうつむいた。

認めたなと結城は思った。

結城は一枚の紙を永尾の前に置いた。

宅配便の送り状をコピーしたものだ。整った字で書かれた送り先の住所は、永尾の住まいになっている。送り主の欄は、田辺美子。送った日は三月三十日。

「なんですか、これ？」

永尾が訊いてきた。

「見覚えあるだろ？　君あてに送られたものだぞ」

「知らないなあ。田辺さんなんて、知り合いにいないですよ」

「本当に知らないんだな？」

「あ、はい」

「じゃあ、同姓同名の人物が君と同じ住所に住んでいるのかね？」

「なんのことを言っているのか……」

沈んだ表情で永尾は言った。

「この苑を受け持つ宅配センターに行ったんだよ。三月二十九日以降の入居者が利用した送り状の束をしらみつぶしに調べた。そうしたら、これが出てきた」

永尾はコピーを見ようともしないで、不機嫌そうに顔をそむけた。

結城は送り状のコピーを永尾の前に押し出した。

「ここに書かれた文字、見たことないかね？」

　永尾の顔が引きつった。

「諸井千代さんの筆跡と一致したんだよ。どうだ、まだシラを切るか？　三月三十一日、君は家に届いた物を見て、どう思った？」

「どうって……」

「しらばくれるんじゃない。手の切れるような札束が十一個。入っていただろ」

低くしっかりした声で言うと、永尾は一瞬、ひるんだ。額にふりかかる長い髪を指で払いながら神経質そうに目を動かした。

「諸井千代が、振り込め詐欺に遭ったといって、奪われた金額は知ってるな？」

「一一〇〇万だったかと」

「そうだ」

　結城は二枚の紙を永尾の前にすべらせた。イチマツ名で出された振込口座変更依頼通知書とイーストケアあての支払伝票。両方ともコピーだ。

　永尾はしきりと考えをめぐらしているようだった。

「使途不明金に話を戻そう。ここにあるふたつの会社の名前を騙って、架空請求書をでっちあげて、まんまと金を横領した人間がいる。心当たりはないかね？」

「………」

「横領された金額が、ぴったり一一〇〇万なんだよ。これって偶然の一致と思うか？」

永尾は、ばつの悪そうな顔で、

「……としか思えないですけど」

と答えた。

「横領した人間は、永尾、おまえだ」

ぴしゃりと結城が言うと、永尾は喉仏を動かして、生唾を飲み込んだ。

「証拠を見たいならいくらでも見せるぞ」

結城は寺町から数枚の写真をうけとり、それを永尾の目の前に並べた。

マスクをした男がＡＴＭで金を引き出している写真だ。

「おまえはネットで違法な口座を買った。そこに自分自身で振り込んだんだ。そのあと、何度も引き出している。そのときのすべての写真をそろえてある。マスクをつけていないのもあるぞ」

永尾は青ざめた表情で、じっと写真を見つめている。

追いつめたと結城は思った。

「乳がんにかかった奥さんの治療費にあてたこともわかっている。おまえがやったんだな？」

永尾は落ちそうで落ちなかった。これだけの金額の横領をしただけのことはあるようだ。それでも、結城は永尾の良心に訴えかけたいと思った。

「千代さんは、おまえの奥さんががんであるのを知っていたんじゃないのか？　あんたのことをたびたび、ほかの職員に尋ねていたそうだぞ。職員たちのあいだで噂になっている横領の件も千代さんは気づいていた。話を聞いているうちに、犯人がおまえだということも、うすうす気づいていたようだな。でも、おまえは根はいい人間だし、奥さんさえ病気にならなければ、横領などしなかったはずだと千代さんは思っていたんだろう」

永尾は唇をかみしめ、苦渋に満ちた顔で洩らした。「……なんで、だよ」

「なにが、なんでだ？」

結城は身を乗り出した。

「どうして、千代さんがおれにそんなことをするんだよ？」

まだ、しらを切る気か……。

結城は少しばかりあきれた。

これだけは言いたくなかったが仕方ない。

「去年の暮れ。十二月二十八日の夜。年末の事務の仕事がたまって、おまえが残業をしていた日だ。きちんと防犯カメラに記録されている。午後八時三十二分、諸井千代が車イスで三階の窓のところに行って、景色をながめているところに、兼田が現れた。千代さんがそこに行く理由は知っているな？　永尾、おまえは三階の入居者に用事があり、階段を上ってきて、偶然、兼田が千代を部屋に連れ込むのを見た。兼田が千代さんへ暴行を働こうとしたまさにそのときだ。おまえは部屋に入って、兼田の暴行を止めた。彼女を救い出したんだ。兼田には金輪際、千代さんには暴力をふるうなと命令したそうじゃないか」

「兼田さんが……話した？」

「洗いざらい話した。おまえは、諸井千代に自分の携帯の番号を教えて、兼田にやられそうになったら、すぐワンコールして切れと申しわたしていた。だから、千代だけはのんびりと、あの場所に行くことができた。調布署が行った任意の家宅捜索では、千代はその携帯をこっそり別の場所に置いていた。彼女の携帯の通信記録には、おまえからの着信が残っているぞ。……しかし、どうして、おまえは諸井千代の肩ばかり持った？　ほかにも暴行を受けていた入居者がいるだろ？」

「似ていたし」

「似ている？　だれに？」

「亡くなったおふくろ……」

ようやく、結城は疑問が解けた気がした。ほかの入居者への暴行まで止めてしまっては、兼田のフラストレーションがたまりすぎると考えたのか。それとも、単に兼田が恐ろしかったのか。たぶん、後者だろう。

「でも、証拠が……ない」

まだ、そんなことを言うのか。ここまで吐いたのに。

結城は落胆しながら、最後に残された疑問を口にした。

「永尾、おまえが受け取った一一〇〇万円だ。あれは、どこのだれから送られてきたんだろうな?」

永尾は答えなかった。

「一一〇〇万円の現金を手にするために、千代さんは銀行へ出向いた。そのとき、永尾、おまえがお供をしたじゃないか。銀行に着く直前に、おまえは千代さんから借金はいくらあるか訊かれて、とっさに、一一〇〇万円と洩らしてしまった。タクシーの運転手が、そのときのことを覚えているぞ。どうなんだ?」

永尾は顔を引きつらせて、下を向いた。

「年度末が近づいておまえの様子が明らかに変わったのを千代さんは見逃さなかった。監査で横領が露見するのは明々白々だった。おまえが捕まって、施設をやめさせられると千代さんはわかっていたんだ。だから、彼女は祈るような気持ちでおまえに金を与えた。どうしてか、わかっているな?」

永尾の唇が紫色になり、わなわなと震え出した。

「千代さんは子どもたちから見放されていたことを知っているよな。去年の暮れ、息子が久々に来たかと思ったら、金の無心だった。娘だって会いに来ようともしない。虎の子で貯めた金は、いつかその子どもたちにとられてしまう。自分はもう金なんか必要ない。なんとか、助けてくれた人へ恩返しをしたい。それで、銀行に走り、息子が事業で金が必要になったからと言って、金を引き下ろした。そのとき、おまえにわたしても良かったが、面と向かってだと、受けとらないと考えた。だから、偽名を使って宅配便で届けた。放っておけば、子どもたちにたかられてなくなる金だ。その直後だ。千代さんの息子がまた金をせびりに苑へやってきた。千代さんは、息子から金をどこへやったのかと問いつめられて、つい、振り込め詐欺に遭ったと言ってしまった」

「で、ですから……あの金は」

永尾は泣きそうな声でつぶやいた。

「ふざけるな。千代さんのものだって、最初からわかっていたくせに」

結城が声を荒らげると、永尾は顔をこわばらせた。

「その金でおまえは横領した金をそっくり、もとの帳簿に戻した」

有印私文書偽造の罪、ならびに拾得物法違反容疑で逮捕する。

そう言い出しかけたとき寺町が、

「奥さんの具合はいかがですか？」

と尋ねた。

永尾は正気に戻ったような顔つきで、

「紀美子……ですか？」

としぼり出すような声で言った。

調子がおかしかった。

「再検査の結果が出て……がんが全身に転移してしまって」

しぼんだように肩を落とし、永尾はうなだれた。

結城は棒きれで頭を殴られたようなショックを感じた。

「あと三ヶ月、もてばいいほうだって、医者に言われて……」

泣き出した永尾を結城は呆然と眺めた。

逮捕という二文字が出てこなくなった。


結城は重い気分を引きずったまま、永尾を残して相談室を出た。

いったい、このおれはどうしたいのだ？

悪事をはたらいた人間を許すつもりなのか。

わからない。

どうするべきか。

ふと、そのことを思い出した。

結城は階段に足をかけた。三階まで上ると、廊下のずっと先に、車イスが見えた。やっぱり、来ている……。

　結城は廊下を歩いた。

　諸井千代は痩せた手を車イスの肘かけにあて、窓からじっと外を眺めていた。

「千代さん」

　声をかけたものの、千代の反応がなかった。

　結城は車イスの脇にひざまずいて、もう一度、その顔を見ながら、

「千代さん」

　と呼びかけた。

　同じだ。まったく反応がない。

　諸井千代は感情を失った顔つきで、前方を見つめるだけだ。どこに焦点をあわせているのかすら、おぼつかなかった。

「班長」

　寺町に呼ばれてふり向くと、福塚夕子が立っていた。

「あ、ご苦労様です」

　他人行儀な感じで福塚は挨拶した。

「どうも、お世話になってます」

　結城はそう言うと、また千代に向き合い、その華奢な肩に手を置いた。

「千代さん。ご気分、悪いんですか?」

まったく反応がない。

いったい、どうしたというのか。

「あの、結城さん」福塚がおずおずと切り出した。「先週、千代さん、お医者さんに診てもらったんです」

「医者に? どこか悪いところでも?」

「……それまでなかったんですけど、夜中になると、勝手に歩き回るようになってしまって……」

悪い予感が走った。

「同じことを何度も言うようになって」

と福塚が続ける。

「もしかして……」

結城は言うと、福塚の顔をまじまじと見つめた。

「アルツハイマー病って診断されました」

結城は返事ができなかった。なにかに見放されたという感じだった。

よりどころがなくなり、これまでの仕事が無に帰したような気がした。

「さ、千代さん、お部屋に戻ろう」

声がけされ連れていかれるとき、千代は結城の顔を一瞥した。

それが最後だった。

結城はふたりが居室に入るのを見届けて階段を下った。

何人かの知り合いや職員に声をかけられたが、返事すらできなかった。一刻も早く施設から出たかった。寺町はなにも言わずについてきた。

駐車場に停めてあったクルマの後部座席に乗り込んで、シートに深々と身を沈めた。ゆっくりと走り出した車窓から施設の建物を眺めた。

このひと月のあいだに起きたことが、次々と浮かんだ。それは泡のようにすぐ消えてなくなり、重いしこりのようなものだけが残った。

ふと、別れてきた諸井千代の顔がよぎった。

アルツハイマー病と診断されたのはまちがいないだろうが、まだ父親の益次と同じように、初期の段階のはずだ。だとしたらどうだ……。この自分の顔を見て、千代はなんと思ったか？　別れ際、一瞬だけ見せた表情を思い出した。

あのとき、千代は正気に戻ったのではないか。だとしたら、永尾隼人のことを訊くべきだったのではないか。

好きか嫌いか。

それだけでよかった。それさえ、聞くことができたら、自分は次のステップに進めたはずだ。逮捕するか。それとも、赦(ゆる)すか。その選択肢のうちのどちらかを納得する形でえらべたはずだ。なのに千代は……。

そのとき、また別の考えがよぎった。

たったいま、窓際で見せた千代の表情は演技ではなかったか……。

あえて、結城に判断させせまいとして。

結城は晴れぬ気分のまま、遠ざかる緑恵苑の建物をふりかえった。

解説——見えない犯罪をあぶり出す妙味に感服

ライター　母袋幸代

『聖域捜査』『境界捜査』に続く、結城公一率いる生活安全特別捜査隊シリーズも第3弾となった本作品、『伏流捜査』。

このシリーズが最初に発売になったのは、約十年前。今思えば、その頃の書店は、ベストセラーバブルに沸いていた。村上春樹の『色彩を持たない多崎つくると、彼の巡礼の年』を例に挙げれば、ああと膝を打っていただける方も多いだろう。他にも百田尚樹の『海賊とよばれた男』、池井戸潤の「半沢直樹」シリーズ、あとミステリーでは、東野圭吾の「ガリレオ」シリーズ、東川篤哉の『謎解きはディナーのあとで』、横山秀夫の『64ロクヨン』。

とにかく売れる作家の新作を多く確保し、店頭に積み上げる。話題になる。売れる。いつまでも売れ続ける。そんな時代だった。当時書店員だった私は、物量に追われながらも、充実した仕事を楽しんでいた。

一方で、どこの書店でも並べられるのは同じ本ばかり。そんな批判も多かったが、普段本を手に取らないような人々まで含め、多くの人に書店に足を運んでもらえたのは、業界には、何よりの事だった。目当ての本だけでなく、気になる本、目についた本も一緒に買ってもらえたのだ。

私は、当時の業界が活性化したのは、書店に通い慣れていない人々が、話題となっている書籍を目当てに続々と来店してくれたためだけではなかったと思う。

本好きで読書家だったが、受験や仕事や子育てなどで忙しくなり、本から離れてしまっていた人たち——彼らがその時のブームで目覚め、より面白い本を求め、探し、読み始めたのだ。私は彼らをスリーパーと密かに呼んでいた。

書店では、そんな彼らをターゲットに企画を凝らしたフェアや、書店員のおすすめ本を手書きＰＯＰでアピールした。新刊の点数が増え、競争が増し、個性豊かな小説が増えた。

ミステリーもジャンルの細分化が進んでいった。新本格、キャラクターもの、警察小説。中でも警察小説は、スリーパーたちの年代、好みに合致、その後のブームを経て一ジャンルへと成長した。

警察小説の何が人々を惹きつけるのか。まず一つは、一般には出来ない特殊な職業に特化したお仕事小説である点。二つめに警察の組織内部での陰謀、足の引っ張り合い、上層部からの重圧など、ビジネス小説としても楽しめる点。もちろんミステリーとして、謎解きや、犯人との対決を楽しむこともできる。ただし、探偵小説とは違い、スタンドプレイではなく、チームプレイでキャラクターたちの多彩な個性と能力で事件を解決していく過程、そこがまた日本人好みのツボだった。

さて、本作『伏流捜査』である。

読後、薄寒いものを感じた。この小説は、手に汗握るアクションもなければ、シリアルキラーもサイコパスも出てこない。ジャンルで言えば、警察小説だ。警察小説ではあるが、華やかな捜査一課、組対でもなく生活安全特別捜査隊、通称〝生特隊〟のシリーズである。

生特隊の仕事の範囲は広い。違法薬物、少年事件、風俗、ゴミの不法投棄(とうき)……。殺人事件や傷害事件、窃盗(せっとう)など、明らかな「事件」が起こって捜査が始まるのではなく、苦情やタレ込み、所轄(しょかつ)からの要請などで、生特隊が動き始める。死体が事件の始まりを告げる通常のミステリーとは一線を画している。そのあたりが実にリアルに感じる点だ。

尾行、取り調べ、ガサ入れ、ゴミをあさり、書類を調べ、地道な捜査により積み上げた証拠の中から、少しずつ事件の真相が浮かび上がってくる。まさに『伏流捜査』というタイトルが絶妙だ。著者安東能明(あんどうよしあき)のセンスの良さを感じる。

「伏流」とは、川などを流れる水が、ある区間地下を流れること。または、その流れを指す。つまり、見えないところで、何かが起こっている。それを「捜査」で証明するが、すべてを明らかには出来ない。

一話目の「ヒップ・キング」は、冒頭の渋谷のクラブのシーンから一転、舞台は下北沢という、雑多な若者の街に移る。商店街もあり閑静な住宅街も広がっているそんな街で、違法薬物が売買されていようとは、そこに暮らす住民も、集まっている若者もその大半が夢にも思わないだろう。クラブでの派手な摘発シーンから、あまりにも対照的な生活感のある街に舞台が展開したことで、犯罪がすぐ身近に起きているとリアルに感じ怖くなるのだ。


主人公の結城公一というキャラクターも、中間管理職のサラリーマンそのものだ。その家族の存在も、ストーリーをより読者の身近に感じさせている。

夫をサポートしつつも、絶妙な距離感のある妻美和子。難しい年頃の娘絵里は、無事大学生となり、遊びにバイトにと学生生活を楽しんでいる。それでいておじいちゃんには優しい孫の一面も見せる。「ヒップ・キング」でのクラブの手入れのきっかけも実は彼女だった。

そして二話目「稲荷の伝言」では、認知症の始まった結城の父益次こそが、捜査に踏み切るきっかけの一つでもあり、本人の知らないところで潜入捜査に利用されるのだ。

結城のこの父に対しての、後ろめたさを含んだ義務感。ストレートに表せない愛情が表面化して、特別養護老人ホームを捜査する強い決意となった。

施設が抱える経営の難しさ、実際に中に入らないとわからない介護の現場。それを潜入捜査の過程で明らかにしていくのが上手い。

また、実際に益次がデイサービスを利用していることで、結城の当事者意識も刺激される。

こういった介護問題のテーマは、若い読者には、他人事かもしれない。だが、老いた親がいる世代には身につまされる。そしてそう遠くない未来に自分もお世話になるかと思うと、巡査長のマチ子のセリフにどきりとさせられるのだ。

「特養は一度入ったら、死ぬまでずっと同じところにいるんです。」

その施設の「伏流」とは。

振り込め詐欺疑惑にはじまり、老人虐待、使途不明金。全ては、疑いであり、被害者すらなかなか特定できない。しかも、捜査のタイムリミットを、市の監査が入る一週間後までとすることで、一層の緊張感が増している。

捜査にあたっては、チームプレイが見事だ。巡査長のマチ子こと寺町由里子は、クラブで遊ぶ女から、介護施設でのボランティアまで潜入捜査ができる女。面白いのは、その彼女の潜入中の目線と、同じく潜入捜査する結城の目線が違っていることだ。マチ子は、介護者として老人たちと目線を合わせて話を聞いている。結城は、家族として車椅子を押す側として老人たちを見ているのだ。二人それぞれ得た情報がようやく「事件」を浮かび上がらせる。

先輩風を吹かす小西康明は、今まで女性問題で失敗した過去と下手な俳句のせいで良いイメージがなかった。今回は、大学で簿記が特優だったという特技を存分にいかし、「使途不明金」の究明に大きく貢献する。

警部補の石井誠治は、取り調べはもちろん、尾行や聞き込みなど、最も頼りになる存在。今事件では、若手二人に花を持たせ、バックアップに回った恰好だ。だが、その的確なサジェストとカバーに、班長の結城はかなり後押ししてもらっている。

勧善懲悪でない話の落とし前のつけ方。ようやく解決したと安堵したところに、不意に小石を投げ入れられ、感情の波紋が広がっていくような終わり方。

リアルな話の展開にこそ怖さがある。警察小説ブームの中で生まれた亜種とも言えるこの作品。

私たちの「生活」の壁一枚隔てた向こうで起こっているかもしれない犯罪。それをあぶり出し、解決に向けて進められる「捜査」を、たっぷりとご堪能あれ。

《参考文献》
『高齢者虐待』小林篤子　中公新書
『特養ホーム　入居者のホンネ・家族のホンネ』本間郁子　あけび書房
『介護現場は、なぜ辛いのか』本岡類　新潮社
『出口のない家』小笠原和彦　現代書館
『「女と男」の検事調書』松木麗　講談社
『証拠調査士は見た！』平塚俊樹　宝島社

このほか、新聞、雑誌、インターネット記事を参考にしました。記してお礼申し上げます。

（この作品『伏流捜査』は平成二十五年四月、集英社より文庫版で刊行されたものに加筆・修正したものです）

伏流捜査

一〇〇字書評

切り取り線

購買動機（新聞、雑誌名を記入するか、あるいは○をつけてください）	
□（　　　　　　　　　　）の広告を見て	
□（　　　　　　　　　　）の書評を見て	
□ 知人のすすめで	□ タイトルに惹かれて
□ カバーが良かったから	□ 内容が面白そうだから
□ 好きな作家だから	□ 好きな分野の本だから

・最近、最も感銘を受けた作品名をお書き下さい

・あなたのお好きな作家名をお書き下さい

・その他、ご要望がありましたらお書き下さい

住所	〒				
氏名		職業		年齢	
Eメール	※携帯には配信できません		新刊情報等のメール配信を 希望する・しない		

この本の感想を、編集部までお寄せいただけたらありがたく存じます。今後の企画の参考にさせていただきます。Eメールでも結構です。

いただいた「一〇〇字書評」は、新聞・雑誌等に紹介させていただくことがあります。その場合はお礼として特製図書カードを差し上げます。

前ページの原稿用紙に書評をお書きの上、切り取り、左記までお送り下さい。宛先の住所は不要です。

なお、ご記入いただいたお名前、ご住所等は、書評紹介の事前了解、謝礼のお届けのためだけに利用し、そのほかの目的のために利用することはありません。

〒一〇一-八七〇一
祥伝社文庫編集長　清水寿明
電話　〇三（三二六五）二〇八〇

祥伝社ホームページの「ブックレビュー」からも、書き込めます。

www.shodensha.co.jp/bookreview

祥伝社文庫

伏流捜査（ふくりゅうそうさ）

令和 4 年 5 月 20 日　初版第 1 刷発行

著　者　安東能明（あんどうよしあき）

発行者　辻　浩明

発行所　祥伝社（しょうでんしゃ）

東京都千代田区神田神保町 3-3
〒101-8701
電話　03（3265）2081（販売部）
電話　03（3265）2080（編集部）
電話　03（3265）3622（業務部）
www.shodensha.co.jp

印刷所　堀内印刷
製本所　積信堂
カバーフォーマットデザイン　芥 陽子

Printed in Japan ©2022, Yoshiaki Ando　ISBN978-4-396-34810-6 C0193

祥伝社文庫の好評既刊

安東能明
限界捜査
人の砂漠と化した巨大団地で消息を絶った少女。赤羽中央署生活安全課の疋田務は懸命な捜査を続けるが……。

安東能明
侵食捜査
入水自殺と思われた女子短大生の遺体。彼女の胸には謎の文様が刻まれていた。疋田は美容整形外科の暗部に迫る――。

安東能明
ソウル行最終便
日本企業が開発した次世代8Kテレビの技術を巡り、赤羽中央署の疋田らが韓国産業スパイとの激烈な戦いに挑む！

安東能明
彷徨捜査 赤羽中央署生活安全課
赤羽に捨て置かれた四人の高齢者の身元を捜す疋田。お国訛りを手掛かりに、やがて現代日本の病巣へと辿りつく。

安東能明
聖域捜査
いじめ、ゴミ屋敷、認知症、偽札……理不尽な現代社会、警察内部の無益な対立を鋭く抉る珠玉の警察小説。

安東能明
境界捜査
薬物、悪質ペット業者、年金詐欺……。生活安全特捜隊の面々が、組織に挑み、地道な捜査で人の欲と打算を炙り出す！

祥伝社文庫の好評既刊